이 시대 노인들의 마지막 삶과 임종에 관한 보고서

당신의 마지막 모습을 기억하기 위해

임종학 지음

시커뮤니케이션

늙는다는 것

나이가 들어
목소리가 커지는 것은
체면이 없어져서가 아니다.
귀가 어두워졌기 때문이다.

같은 말을 반복하는 것은
주장하고 싶어서가 아니다.
자기 말도 망각했기 때문이다.

과거의 자랑을 반복하려는 것은
말한 것을 잊어버려서가 아니다.
인정받을 것이 지금은
아무것도 없기 때문이다.

노인이 되면
전에는 싫었던, 생소한 그 길을 가야만 한다.
같이 못 갈 길이거들랑
고개라도 끄덕여 주라.
효도란 게 별것이던가.

어르신 마음

"어르신, 손잡이 하나 달아드릴까요?"
"괜찮아, 힘들게 왜 해주려고 해."
"그럼 다른 분께 해드려야겠네요."
"해주면 좋지. 미안해서 그렇지….'

"어르신, 걸으시기 위험한데 미끄럼방지 매트 깔아드릴게요."
"뭐 하러 해. 괜찮아."
"그럼 다른 집에 해드릴 건데요."
"있으면 좋지. 그래도 늙은이가 너무 염치없어 보이니까 그렇지….'

"어르신, 심심하신데 작은 수족관 하나 설치해 드릴게요."
"그런 거 없어도 돼."
"아, 그러세요? 귀찮으신가 봐요. 예쁜 물고기 보시면서 먹이도 주고 재미있을 텐데…. 다른 어르신께 드려야 겠네요."
"무슨, 내가 물고기 키우는 걸 얼마나 좋아하는데…. 괜히 나 때문에 고생할까 싶어 그렇지."

 어느 것 하나 흔쾌히 받지 않으시는 어르신은 마음만은 다 받고 싶어 하신다. 다 보이는 속마음을 숨김없이 내비치는 그 모습이 사랑스럽다. 돌아가신 어머님 모습도 저러셨는데….

떠나시는 길

요즘은 어르신들이 세상과 이별하는 순간을 가족들이 직접 보는 경우는 흔치 않다. 함께 살지 않기 때문이다.

자녀와 함께 살겠다는 부모도, 모시겠다는 자녀도 거의 없다. 따로 거할 형편이 안되는 어려운 가정에서만 동거하는 느낌이다. 홀로 계시는 분들 대부분은 마지막 떠나는 옆에 그나마 있어주는 사람이 요양보호사나 간병인인데, 대부분 홀로 있다가 죽은 후에 그들에게 발견되는 경우가 점점 많아지고 있다.

내가 운영하는 기관에서 지난 1년 사이에 여덟 분을 보내드렸다. 그중에 반은 우리가 발견하였거나 병원으로 옮겨드린 경우이다.

직접 모시지 않으면 작별 인사도 어려운 세상인데 외로움이 덜하도록 그리고 잘 떠나가시도록 마지막 길을 살펴야 한다. 양탄자같이 멋진 것은 못 깔아 드려도, 가슴 시린 가시밭길만은 되지 않도록 성실하게 그 곁을 지켜야 한다.

찾아가는 교회

오늘 방문한 어르신 네 분과의 만남은 모두 예배이고 기쁨이었다.

전형적인 예배의 형식을 갖춘 것은 아니지만, 손잡고 함께 드리는 기도가 간절하고, 갈한 땅에 흡수되는 물 같으며, 하늘에 올려지는 향연 같았다.

가느다란 몸 하나를 겨우 유지하면서도 나를 웃음으로 맞이하는 93세 어르신에게, 닫힌 하늘문을 열어드리는 일이 이렇게 쉽다는 것이 놀랍다.

젊은 날 건강한 시간 속에서는 신앙심이라곤 바늘 끝도 들어가지 않았을 텐데, 이제 어르신의 마음은 손만 대면 벗겨지는 한 겹 한 겹의 옷과 같다.

오늘은 두터운 겉옷 하나를 벗겨놓으며 기도하고 돌아왔다.

죽음만을 기다렸던 어르신에게 소망의 빛 하나가 삶의 이유가 되어 밝은 웃음으로 인사하셨다.

"어르신! 다음엔 천국의 비밀을 알려드릴 것입니다. 그때까지 돌아가시면 안 됩니다."

농담처럼 간절한 진심을 던지며 돌아오는 발걸음이 가볍다.

목차

멋진 예행 연습

늙음이 젊음에게
죽음이 삶에게 말하는 이야기는
아무나 들을 수 있는 목소리가 아니다.
걷는 발로서 듣는 이야기가 여행이듯이,
특별한 마음으로 들어야 들리는 소리가
죽음과 늙음의 목소리다.
만남과 떠남을 반복하는 것이 인생이지만,
마지막 떠나는 자리는 경험이 아닌 끝자리이다.
그래서 깊은 생각 여행이 되어야 한다.

어르신들과의 십오 년 동행 가운데서 생각 없이 써온 일기였다.
이 일기가 누군가에게는 미래를 보여주는 거울이겠다는 생각이 들었다.
그렇게 너와 내가 가야 할 마지막 그 길을 보여주고 싶었다.

그리움의 회상, 지워져 가는 기억의 자리,

외로움과 아픔의 감옥,
그리고 죽음의 강에 이르기까지….

하지만 그 미래의 시간이 어두움만은 아닐 것이다.
정과 사랑과 믿음으로 채색하면서
강 건너에 있을 아름다운 다음 생을 준비할 수 있다면,
해질녘 노을의 아름다움처럼
이별의 멋진 예행연습일 것이다.

2024년 1월에
저자 **임종학**

이 시대 노인들의 마지막 삶과 임종에 관한 보고서

당신의 마지막 모습을
기억하기 위해

임종학 지음

돌
봄

일
기

어르신들에겐 모두 병이 있다는 것을 알았다.
외로움이 병이라는 걸 이제 알았다.
자식들을 떠나보내고 시작된 병세는 점점 커지다가
일이 없어지고 나서부터는 중병이 되어감을 알았다.
아플 땐 아파해야 하는데 괜찮다고 안심시키며
모든 아픔을 홀로 안고 계신다.

한 몸

아침부터 오후 늦게까지 줄곧 어르신 가정을 방문하였다. 두 보호자로부터 느낀 감동 덕분에 마음은 지금까지 따뜻하다.

아침에 방문한 어르신 댁은, 팔 하나 제대로 움직이지 못하는 남편을 아내가 눈물로 끝까지 지키고 있는 가정이었다.
"요양원으로 보내드리라고 말하는 사람들이 많아요. 나를 위해서 하는 말이라 이해는 하지만, 젊은 날 가족을 위해 희생하며 돈 벌어준 남편인데 내가 어떻게 남의 손에 맡겨요. 끝까지 내가 옆에서 지킬 것입니다."
85세 어르신의 고백이었다.

오늘은 점심을 먹을 시간도 허락되지 않았다. 약속을 지키느라 급하게 달려간 다음 집의 보호자는 무언지 모를 불편한 안색이었다.
아내를 돌보던 요양보호사가 한 달 만에 그만두어, 새로 요양 보호사를 데리고 갔으나 눈길도 주지 않았다. 자기 관리도 철저한 분이며, 12년 째 치매를 앓고 있는 15살 연상의 아내를 위해 헌신하는 청년 같은 건장한 남편이다. 한 시간이 넘도록 보호자와 이야기하는 동안, 동행한 요양보호사는 운영자인 내가 감동할 정도로 인지가 없고 움직이지도 못하는 어르신에게 정을 주면서 죽을 떠넘겨 드리고 있었고, 덕분에 자연스럽게 기분이 누그러졌다.
"제 아내는 절대 요양원에 맡길 수 없습니다! 나만 저 사람을 날마다 목욕시킬 수 있고 손가락으로 변을 관장하며 돌볼 수 있어요. 요양원에 지금 간다면 당장 콧줄을 달고 귀찮아서 침대에 눕혀 약으로 재울 거예요."

두 보호자의 공통적인 모습이 있었다. 반려자를 지켜내기 위해서 자기관리를 한다는 것이다. 요양보호사가 돌보는 시간을 이용하여 자기 건강을 챙기며 수영장과 헬스장을 날마다 다니고 있었다. 그들은 같은 연령대의 사람보다 십 년 이상은 건강해 보였다. 마치 짝을 지켜내기 위한 몸부림 같았다.

남편 보내는 길

이제 가면 다시 못 볼까, 하여
먼 길을 떠나시는 어르신 부부.
부부로 살아온 세월이 견뎌내기 버거워서
헤어졌다가 다시 만날 땐
법적으로 이혼한 몸이었는데
암을 견디고 난 여린 몸의 아내는
불구 된 남편을 내 편으로 받아들인 한 해 만에
이젠 암 환자 된 남편을 미국행 비행기에 태우려 한다.
이미 사형선고를 받았다지만
실낱같은 가능성의 의료 시험도구가 되었다.
약봉지와 옷가지 조금만 챙기고 떠나는 길엔 동행자가 없다.
나를 울게 하는 이 부부의 모습이 처연하다.
서로 약한 자 되어 마음은 하나인데
남편은 끝까지 진심을 숨기려 한다.
함께하고픈 아내를 끊어내며 울고 있다.
'나를 만나 고생만 시켰는데 이젠 편하지, 뭐….'
그 모습을 보며 아내는 속으로 통곡한다.
하나님! 기적을 주시어 다시 만나게 하소서.
이 부부의 노후를 행복의 길로 인도해 주시기를
간절히 소망합니다.

더블 침대

편마비를 앓는 남편을 20년 동안 돌보는 부인이 있다.

남편은 불편한 몸으로 5층 아파트의 꼭대기 층에서 날마다 계단을 오르내리고 있어 불안했는데, 지금은 엘리베이터가 있는 집으로 옮겼다. 지난해 병원에 한 달 입원한 후에는 근력을 잃어서 꼼짝 없이 방 안에 누워있다. 그래서 요즘은 자주 찾아뵙는다. 손잡아 기도해 드리면 무척 행복해하신다.

"이제는 몸 움직이기가 예전 같지 않으니, 병원 침대로 바꾸는 것이 좋겠습니다."

내 제안에 부인은 이렇게 대답한다. "제가 옆에 있는 것을 좋아하고, 그나마 움직일 수 있는 이 더블 침대가 더 나아요."

나는 더블 침대의 유용함을 생각하지 못했다. 수면 리듬의 차이나 편리함을 생각하느라 요즘은 각방을 사용하고 두 개의 개인 침대를 쓰는 부부가 훨씬 많다는 통계를 들은 기억이 있는데, 그래도 함께하기 위해서 이렇듯 더블 침대를 고집하는 사람도 있다.

부인은 말한다. "혼자 두려고 했던 어느 날, 불안한 눈빛으로 눈물을 흘리는 남편을 보았어요. 그 후론 혼자 둘 수 없다는 생각에서 옆에서 함께 자고 있습니다."

나도 최근에 이사했다. 이 집에서는 방 하나를 서재로 꾸미려는 생각이었고 수면 리듬이 달라진 우리도 가끔은 각방을 쓰는 것이 어떨까, 라는 생각을 했었지만, '두 사람이면 따뜻하거니와 한 사람이면 어찌 따뜻하랴'라는 전도서의 말씀이 새롭게 다가왔다.

 나도 끝까지 더블 침대를 사용할 것이다.

아픈 광야에서

지칠 대로 지친 몸으로 광야의 중심을 지나는 가정을 보고 있다. 광야 아닌 인생은 없다지만 너무 힘든 분들을 볼 때면 마음이 아린다.

집에 들어서는 순간 인사를 나눈 부인은 쓰러질 듯 기력이 없었다. 분명 내가 찾아온 돌봄 대상자는 남자 어르신인데, 핏기 하나 없는 부인이 더 환자처럼 보였다. 방 안에 들어서니 남편은 침대에 누워있었다. 뇌출혈로 인한 마비를 회복 중이어서 병원에 있어야 할 분인데, 집에 거주하고 있었다. 과한 치료비 부담 때문이라 했다.

2년 전 버스 운행을 하던 남편은 피곤한 몸으로 운전하던 중에 몸에 이상을 느꼈다. 뇌혈관이 터진다는 직감으로 차를 길가에 세웠고, 응급차로 병원으로 이동 중에 뇌출혈로 정신을 잃었다. 계속 운전하였다면 위험한 일이 벌어질 상황이었다. 수술 이후 2차 파열이 일어나 재수술하였고, 2개월간은 식물인간 상태였다. 이후 회복 과정에 있었던 어려움은 이루 말로 표현할 수 없다. 남편은 아내를 생명의 은인으로 여기며 무척 고마워하고 하나님의 사람까지 되어 있었다.

부인의 표정과 몸 상태도 엉망이었다. 간병도 힘들었거니와, 아직 산재 처리가 되지 않아 이중고를 겪고 있었다. 운전 중에 발생한 신체적 문제였음에도 사고가 아니었다는 이유였다. 빚으로 2심 재판이 진행 중이었다.

산재 처리만 원만히 해결되어도 1억 정도의 배상이 되어 그간 쌓인 치료비는 해결될 것이고 노후에 대한 불안은 조금이나마 감소할 것이다.

"사고가 났어야 보상이 쉽게 되었을 텐데, 승객을 보호해야 한다는 마음에서 한 예방 행동이 이렇게 나를 힘들게 할 줄 몰랐어요."

한탄 섞인 고백을 들으며 고개를 끄덕일 수밖에 없었다. 이분들이 착하지 않았다면 이런 고생은 덜 하지 않았을까, 하는 생각이 들었다.

영악한 사람들은 법의 피해자가 되지 않는다. 공평하고 의로워야 하는 법이 오히려 이용할 줄 아는 사람들의 도구가 되는 현실은 막아야 한다.

내가 할 수 있는 것이 기도뿐이라 한참을 기도하며 위로해 주고 돌아왔다. 잊지 않고 기도하겠노라 약속하였으므로 날마다 잊지 않고 기도할 것이다.

이별

한 아파트의 같은 라인에 자매 세 가정이 살고 있다. 부모님을 잘 모시려는 마음에서 그렇게 모여 살고 있었고, 어르신 부부는 금슬이 좋기만 했다. 하지만 이토록 화목한 가정에도 이별의 시간은 서서히 다가왔고, 조금 전 떠나셨음을 내게 알려왔다.

매해 어르신들과 이별하다 보니 떠나시는 시점이 어느 정도 짐작이 된다. 며칠 전 아무래도 마지막일 듯싶어 방문하고 손잡아 기도를 드리며 사진도 찍어두었다. 그때, 아내를 보내야 하는 할아버지는 내 손을 잡고 놓지를 않으셨다. 이제 곧 이별임을 받아들이면서 그 시점을 묻고 계셨다.

"어르신! 빠르면 이틀, 늦어도 삼사일 안에는 하나님의 부르심이 있을 듯합니다."

그날 이후 사흘 만에, 온 가족이 모여 찬송하며 성경 말씀을 읽어드리는 중 어르신은 소천하시었다.

올해 벌써 두 분과 이별했다.

아름다운 이별이 있고 안타까운 이별도 있다. 갈수록 아름다운 이별을 보기가 어려워지지만, 이 가정은 내가 만나본 가장 아름다운 모습으로 남아있다.

방문담

반찬을 드리러 방문할 때면 거실 한쪽에 등을 기대고 성경을 읽고 계시는 어르신을 만난다. 벗하고 싶어 옆에 앉아 이야기 보따리를 풀어드렸더니, 이내 눈물샘이 터진다.

두어 달 전 남편을 먼저 하늘나라로 보내고 홀로 남으신 어르신은, "성경 말씀이 없었다면 마음이 아파서 견디지 못하였을 거예요."라고 하신다.

19살에 결혼하여 남편과 65년을 살아오셨다는데 어패류를 잘못 먹고 몸져누운 남편을 몇 년간 돌보면서 수발을 들어왔다. 그동안 굳은 대변을 손으로 파내느라 손가락 하나는 휘어져 버렸다.

밖에서 들어오면 "다녀왔어?"하고 정답게 맞아주고, 먹을 것을 주고 대소변을 거들어 주면 "고마워. 고생시켜 미안해…." 하고 이야기해 주는 사람이 없어 외롭다며 우시고 있다.

60년을 넘게 함께 살아온 날이 지겹지 않고 조금 더 잘 보필하지 못하여 몇 날이라도 더 살도록 돕지 못한 것을 아파하는 저 마음은 누가 주신 것일까? 듣기로는, 그리 편한 시집살이가 아니었음에도 어르신의 마음에는 남편에 대한 서운함이 조금도 남아있지 않았다.

떠날 준비

집에는 귀한 것 하나 볼 수 없다. 골동품 같은 브라운관 TV 하나가 자리하고 있을 뿐이다.

쓰레기봉투 하나도 사기 아까워서 남이 버린 봉투를 풀어 채워 넣었고, 물을 아낀다며 화장실엔 항상 방울방울 떨어지는 물을 모아놓고 있었다. 이런 어르신을 돌본다는 것은 참 어려운 일이어서 요양보호사가 바뀐 것이 수 차례였다. 하지만 이제는 다시 자신의 집으로 돌아오기 어려워 보인다.

핏줄이라고는 두 여동생과 조카들뿐인데 소통도 없이 거리감을 두려 하였고, 병원에 입원하는 과정에서도 알리기를 싫어했다.

집 열쇠도 아무에게 주지 말라며 내게 맡겨두었는데, 입원 후 몸이 쇠약해지며 인지력이 떨어졌다. 결국 요양병원으로 옮기는 과정에서 가족들과 소통하는 중 병원의 요청도 있어서 보호자 관계인 친족들에게 보조열쇠를 주었다.

평생 살아오며 관계를 맺은 곳은 오직 직장과, 봉사적 삶으로 이어온 YWCA뿐이었다. 휴대전화에 저장된 이름은 나를 포함하여 겨우 여섯 명이었다.

남은 재산에 관하여서 1년 전부터 5억 남짓 가치인 아파트를 의미 있게 남겨놓고 싶으니 도와달라는 표현을 했고, 지난주에도 또 같은 말을 했었다. 방법은 법적 절차를 통해 문서로 공증을 남기는 것이라 말씀을 드렸는데 이제는 그 기회도 없어진 느낌이다. 어르신을 상급병원으로 옮기겠다는 친척에게서 느끼는 것은 재산 처분에 관한 생각과 표현뿐이어서 안

27

타까웠다.

　어르신은 자기 재산 하나 자기 마음대로 처분하지 못하고 흐린 의식의 세계로 점점 빠져들었다. 나는 떠나는 그분의 모습도 볼 수 없었다.

떠나시는 분

왜, 더 살아계셔야 하는 분은
성급히 발걸음을 옮기려 하시나.
큰 의미도 없이 남을 힘들게 하는 사람들은 오래도 사는데….
하나님을 무척 사랑했던
한 분이 또 떠나신다.

'떠나감이 너희에게 유익이라.' 하신 주의 말씀은,
지금 먼저 가시는 임도 어쩌면
우리에게 남기고 싶은 말이 아닐까?
오늘,
세상이 싫어지는 것은
부대끼며 고민하기 때문이 아니다.
좋은 사람들이 내 곁을 떠나가기 때문이다.
그들이 떠나는 것은 마치,
세상에 너무 정을 두지 말라는 소리로 들린다.

혼자 떠나버린 길

착한 마음씨를 지닌 어르신 한 분이 또 세상을 떠났다.

당뇨병 저혈당 상태에서 혼자 있다가 대처를 못 하고 뒤늦게 병원에 갔지만 결국 사망하셨고, 오래 단절되었던 가족의 무반응으로 무연고 처리가 되었다.

하반신 마비증으로 움직임마저 힘들 때, 형님처럼 가까이서 그에게 도움을 주었던 지적장애의 나이 어린 친구가 술기운에 나에게 전화를 한다.

"목사님! 저를 좀 살려주세요. 형님이 그렇게 갑자기 가시니 나도 곧 죽을 것 같아 불안합니다."

약한 사람들은 서로 의존한다. 법적인 가족은 모른다고 외면해도 의리로 함께한 다른 가족은 진심으로 묶이어 사는 것을 보고 있다. 어르신을 친형처럼 늘 돌봐주던 그는 1년 전 없는 돈을 모아 중고 휠체어를 구입해, 형의 발이 되어 주었다. 죽기 전 언젠가 어르신은 내게 이런 말을 했었다.

"헤어진 부인과 자식이 제 앞으로 나오는 연금의 반을 가져가 버려서 많이 힘들어졌습니다."

얼마 안 되는 연금에도 권리행사를 한 가족이었음에도 정작 돌아가신 후에는 시신마저 거부하는 가족이라면….

쓸쓸한 현실을 너무 많이 보고 있다.

두 달에 한 번씩은 꼭 병원 동행과 미용을 해드렸던, 나에게도 형님 같았던 몇 살 위의 어르신이었다. 가족처럼 그 어르신을 돌봐줬던 어린 친구를 이젠 내가 동생처럼 거들어줘야 할 것 같은 마음이다.

왜 착한 사람 중엔 이리 가난한 사람이 많을까?

남자의 고독

명절은 독거 어르신들에게 깊은 외로움의 시간이다. 특히 남자 어르신들에겐 더욱 그러하다.

지난 십 년 넘게 수백 명의 여러 남녀 어르신을 돌보면서 느끼게 된 사실이 있다. 자식들은 희생적 사랑에 익숙했던 어머니와 더 가깝다는 것이다. 일과 권위에 익숙했던 아버지들이 모든 것을 잃고 혼자의 자리에 있을 때, 자녀들이 다가가서 챙겨주는 예는 많지 않았다. 이혼하고 혼자 사는 분들 중에는 아내 편의 잘못이 커보이는데도 자식들에게 철저히 버림받는 아버지도 보인다. 결국 아버지는 술과 친구하며 병을 키워간다.

명절 전날에는 한 분을 찾아 깨끗이 이발을 해드렸고, 명절 당일에는 몇몇 독거 남자 어르신들에게 전화를 드렸다. 오늘은 아내가 과일 몇 개와 잡채를 만들어 싸주어서 한 어르신을 찾았다. 하체가 불편하신 분이어서 집에서 쓰던 주무름 안마기도 챙겨드렸다. 가족들이 돌보지 않기 때문이다.

남자는 노후를 외롭지 않게 사는 지혜가 필요하다. 아내에게 잘하는 것도 중요하지만 사냥본능은 좀 자제하고, 아내의 몫이었던 사랑과 희생에 좀 더 익숙해지려 노력해야 할 것이다.

독거 어르신과의 하루

위기 상태의 어르신을 찾았다. 국내 최고 치과기구 제조공이셨다고 자랑하시는 이 독거 어르신은 지금 95세이다. 하지만 피부는 나보다 더 좋고 군살도 전혀 없다.

시간은 30년 전에 멈추어 있다. 모든 공간마다 잡다한 물건과 쓰레기가 가득했다. 몇 달째 목욕도 안 하고 옷도 오랫동안 갈아입지 않았다. 속옷 여러 벌을 사다가 씻겨드리고 입혀드렸다.

집안을 정리해 드릴 때는 주의해야 한다. 창고처럼 온방에 가득 쌓인 수십 년간의 물건들이 과거 이 어르신의 삶을 말한다. 다른 것은 다 버리도록 허락하시면서도 세밀한 공구들은 못 만지게 하셨다. 어르신 뜻에 따라 조심조심 정리 정돈을 하면서 어르신에 대한 이해가 깊어진다.

홀로 살아온 삶이 자유였으며 지금도 자유로운 영혼이다.

목욕 후의 미소에 행복이 가득했다.

이런 날은 나도 행복 가득이다.

외로움과의 싸움

할머니 한 분을 뵈었다.

고운 모습은 칠순 갓 넘어 보이는데 여든둘이라 했다.

사업가 남편을 만나 부족함 없이 살아온 삶의 흔적이 집안 곳곳에 묻어있는데, 풍기는 건 썰렁함과 극도의 외로움이다.

여러 자녀를 분가시킨 후에도 아이스크림 하나 사러 가도 동행할 만큼 부부는 하나였는데, 하룻밤 갑자기 찾아온 통증에 실려 간 남편은 두 달 만에 곁을 떠나고 말았다. 홀로 남은 4년의 삶은 외로움과의 싸움으로 보였다. 자식은 흩어져 없는 듯했고, 넓은 집 주방은 가장 썰렁한 공간이 되어 있었다. 자기 짝과 하나였던 사람에게 가장 견디기 힘든 것은 외로움이라는 사실을 느끼게 한다.

어떤 어르신은 외로움을 즐기기도 했다. 법적으론 하나인데 평생을 남처럼 살다 홀로 남은 분의 이야기이다. 하지만, 사랑만 하고 산 사람이나 다툼만 하던 사람이나 외로움을 느끼는 건 매한가지인 듯하다.

내가 아는, 홀로여도 전혀 외로워 보이지 않는 사람들은 보이지 아니하는 하나님의 사랑에 매인 사람들이었다. 신과의 깊은 사랑을 나눌 줄 아는 사람은 사람들과도 사랑을 나눌 줄 알았고, 가족에게 매이지도 않았다. 진실한 사랑을 나누는 관계는 주는 것만 있기에 상처도 별로 없는데, 요즘 시대에 핏줄은 외로움과 상처를 너무 많이 주고받는 것 같아 서글프다.

형벌 고백

어르신들의 이야기는 어디까지가 진실인지 확인할 수가 없다. 그러나 충격적인 인생 이야기를 들을 때면 안쓰럽다. 가족과 헤어진 채 독거로 사시는 분들에게 특히 사연이 많다.

오늘 함께한 어르신은 마음을 매만져 드렸더니 과거 자신의 실수를 말한다.

"과거엔 아파트도 3채를 가지고 있었어요. 공직에 있으면서 남부럽지 않게 살았습니다. 그런데 몇 차례 교통사고를 내면서 두 사람이나 죽게 했습니다. 저는 지금 벌 받고 사는 거예요."

운동도 못하는 것 없이 좋아하셨다는 이 어르신은 지금 제대로 걷지를 못한다. 당뇨가 심해져서 가운데 발가락 하나가 절단된 상태이기 때문이다.

인간에겐 다른 것이 불행이 아니다. '외로움'이 가장 불행이다. 아무도 찾지 않아 외롭게 사는 시간은 어쩌면 남은 날을 형벌 속에 갇혀 지내는 일인지도 모르겠다.

사실, 교도소라는 곳도 먹을 것과 잠을 제한하는 곳이 아니다. 사람과의 관계를 제한시키는, 외로움의 형벌이 있는 장소이다.

외로움의 병

어르신들에겐 모두
병이 있다는 것을 알았다.
외로움이 병이라는 걸 이제 알았다.
자식들을 떠나보내고 시작된 병세는
점점 커져가다가
일이 없어지고 나서부터는
중병이 되어감을 알았다.
아플 땐 아파해야 하는데
괜찮다고 안심시키며
모든 아픔을 홀로 안고 계신다.
약이라도 있으면 좋으련만
마음의 병인지라 무시되고 있었다.
함께하는 것이 치료약인데
자식도 함께할 수 없다 했으니
방법도 없다.

내 아이들도
이제 떠남을 시작하고 있다.
외로움의 그 길이
내게도 그리 멀지 않다는 걸 안다.

혼자 두지 않기

나는 날마다 혼자가 되어, 혼자 계신 어르신들을 만난다.

혼자일 수밖에 없는 사람이 혼자이기 싫어서 힘들어하다가, 누군가가 찾아오면 그때에 숨을 쉰다. 살아있는 듯 죽은 듯 온탕과 냉탕을 오가는 마지막 시간을 보내고 있는 것이다. 이 시대의 노인들은 외로움의 감옥에서 그렇게 살아간다.

코로나의 3년은 그들에게 참으로 긴 광야의 시간이었다. 견뎌내지 못한 많은 분들이 유명을 달리하셨다. 대개 요양원으로 가시면 한참 후에야 부고를 듣는다. 그래서 직접 장례식을 찾아갈 수 있는 경우도 드물다.

오늘도 직원을 통해서 나를 무척 좋아하고 사랑해 주셨던 어르신의 부음을 들었다. 설 명절 기간에 떠나셨다고 했다.

잠시 머리를 숙였다.

이럴 때면 그분을 추억하며 내 마음에 묻는 의식의 시간을 가진다.

보호자인 아들에게 전화를 드렸다. 요즘 시대에 보기 드물게 부모님께 잘했던 아드님이신지라 칭찬을 드리고 싶어서 마음 담긴 위로를 전하였다.

바쁜 시대에 갈등하며 살다 보면 혼자만의 세계에 익숙해져 버린다. 분주함은 내가 혼자라는 사실을 잊게 만든다. 그러나 결국 떠나는 자도 혼자이고 나도 혼자가 되는 것이다.

효도는 돈으로 하는 것이 아니다. 혼자 두지 않는 것이 효도이다. 수시로 음성이나 영상으로 마주하고 자주 찾아보는 일이어야 한다. 바빠도 효도하는 사람들은 혼자 있지 않고, 혼자 두지 않는다.

살아 있다는 것

　소아마비 장애를 견디며 평생을 살아오셨지만, 자녀를 잘 양육하셨고, 이제는 더 불편한 몸으로 요양보호사의 도움을 받는 어르신이 있다. 한 번씩 뵈러 가보면 여전히 열심히 사시며 열정을 놓지 않으시는 모습에 존경심을 느끼고 돌아온다. 칠순이 다 되던 때부터 꾸준히 글쓰기를 하셨는데 벌써 십 수권의 시와 수상집을 출간하여 지인들에게 나누어 주고 계셨다.
　정성이 깃든 글에는 진심과 정감이 담기어 있다. 비록 많은 사람에게 읽히는 책은 아니지만 삶의 의미를 글로 써서 나누는 것이 좋아 보였다.
　사람은 죽는 순간까지 살아있음을 말할 수 있어야 한다고 생각한다. 그런 사람은 나이가 들어도 입술로 죽음을 말하지 않는다는 걸 알았다.

눈빛 위로

극도의 외로움을 느끼는 어르신과 긴 시간을 함께했다. 의자에 앉은 아흔이 다 된 여자 어르신의 손을 잡고 나는 눈을 떼지 않은 채 바닥에 앉아서 계속 이야기를 들어주었다.

"원장님은 제 마음을 읽어주시네요. 정말 고마워요."

어르신은, 무언가 이야기하는 사람보다는 마음으로 깊이 공감하며 들어줄 사람을 기다리는 듯했다.

소외감과 충격, 그리고 오랜 습관적 문제로 우울감에 빠진 사람도 많지만, 부족함 없이 물질적 풍요를 누리며 차별된 행복을 누린 사람도 혼자의 자리에 있게 될 때면 깊은 외로움에 빠져든다. 특히 노인이 되어 신체적 불편이 있고 마음대로 움직이지 못하게 되면 더 심각한 상태에 이른다.

이 어르신은 남편이 살아 있는 동안 누리지 못한 것이 없을 정도로 넘치는 사랑과 보살핌을 받으며 산 분이셨다. 집안 곳곳의 사진은 그것을 보여주었고 본인 역시 인정하고 있었다.

그러나 10년 전 갑자기 혼자가 된 이후, 그 모든 경험은 오히려 외로움의 극단적 감옥으로 뒤바뀌어 버렸다. 부족함 없던 삶이 가져다준 결과였다.

"어르신! 외로움은 극복되지 않아요. 이 세상은 어르신을 계속 외롭게 할 것입니다. 하지만 저는 외롭지 않을 겁니다. 이 세상보다 더 좋은 다음 세상을 기다리기 때문입니다. 외로움을 잊으시려면 그 세상을 볼 수 있어야 합니다. 제가 기도해 드려도 되겠습니까?"

어느새 어르신은 "아멘!"으로 응답하고 있었다.

죽음 전에 가장 중요한 것

지금은 많은 사람이 '사전연명의료 중단의향서'를 작성해 둔다. 생명 연장으로 고통만 가중시키다가 떠나기를 원치 않기 때문이다.

그러나 한 가지 더 중요한 것이 있음을 느낀다. 그것은 본인이 할 수 없고 가족이 도와주어야 하는 일인데, 이후의 남은 시간을 외롭지 않게 가족들과 함께 보내는 것이다. 병원에 있어야 한다면 별도의 공간이 필요하고, 할 수만 있다면 퇴원시켜 정든 집으로 모셔다가 마지막 며칠을 가족들이 돌봐드리며 함께하면, 그것이 최선이다.

얼마 전, 한 아들은 아버지가 곧 떠나실 것을 알면서도 집으로 데려가지를 못하고 고민하는 것을 보았다. 결국 아버지는 단절된 요양병원 한 쪽에서 홀로 죽음을 맞았고, 아들은 사망 시간을 확인받은 것이 전부였다.

의사들은 경험과 지식으로 남은 시간을 알려줄 수 있다. 하지만 자식들이 운명의 시간에 바로 옆에서 사랑의 눈빛으로 보내드리지 못하는 것이야말로 비극적 환경이 아닐 수 없다. 돌아가시는 분은 말이 없지만 대부분의 노인은 그렇게 가족과 슬픈 이별을 하고 있다.

놀이는 끝나고

인생을 가장 잘 설명하는 단어는 '놀이'인 듯싶다.

잘 놀 줄 아는 사람이 잘 사는 게 인생이다. 그렇게 사는 데 있어 가장 중요한 도구가 있으니 돈이고 힘이다. 그래서 사람들은 돈이 있고 힘이 있는 곳에 줄을 서고 모험을 감행하려 한다.

어린아이가 하루 종일 밖에서 놀다가 저물녘에 집으로 돌아오는 장면을 인생에 비교하는 글을 자주 접한다. 나는 요즘 어르신들을 늘 대하면서 저물녘 집으로 돌아가는 각기 다른 모습을 자세히 지켜보고 있다.

게임은 끝나가고 친구들은 흩어지며 집으로 돌아오는데, 어릴 적 놀이와는 다른 한 가지가 있다. 따스한 가정의 부모와 자식과 형제는 없고 모두가 혼자의 집일 뿐이라는 사실이다. 혼자의 집에 남은 어르신들은 하나같이 과거를 회상하고, 별거 아닌 이유로 자식 자랑들을 한다. 아무리 넓고 좋은 집에 살아도 혼자이긴 마찬가지이며, 특별한 일이 없는 한 찾아오지도 찾아가지도 아니한다. 그저 '혼자'를 견딜 뿐이다.

어린 시절 재미있었던 놀이 하나가 지금도 생생히 기억난다. 중학교 3학년 때 여러 형들과 모래만 있는 빈 군용 텐트 안에서 재미있게 놀았었다. 권력 놀이였다. 입담 좋고 리더십 강한 형이 왕 노릇을 하고 나머지는 군사와 졸개가 되어 시시덕거리며 참 오랫동안 놀았다.

저녁이 되어 비가 왔고 피곤하여 잠이 들었는데 갑자기 호외 신문이 돌았다. 당시 영부인 육영수 여사가 총에 맞아 사망한 사건이 실려 있었다.

인생 놀이에서 승자는 없다. 보람과 의미만 가지고 갈 뿐….

어느 노년

맛이 있다고
과식하며 배를 채운 날들이었고
잠시의 멋에 취하여서
과하게 치장하기를 즐겨하였고
힘이 있다하여
허세부린 날 많아 보이더니….

이제는
병과 허무의 짐을 지고서
마지막 인생 길을
버거운 발걸음으로 옮기고 있구나.

요양일기

나는 어릴 적 일기 쓰는 것을 좋아했다. 그때가 가장 순수한 때였다.

목회를 하면서도 글을 썼다. 지인들과 마음을 나누기 위해서도 글을 썼다. 모든 이가 글과 함께 가슴에 깊이 남았다.

그런데 사회복지사가 되어보니, 가족이나 친구와는 다르게 어르신들은 계속 내게서 지워져 간다는 걸 깨닫게 되었다. 지워지지 않을 기록을 남기고 싶어 요양일기를 쓰기 시작했다. 일기를 쓰면서 그들이 가족이 되어감을 느끼게 되었다.

이제 나도 노인 줄에 들어서며, 다시 순수의 옷을 입어가는 느낌이다.

노년의 기도

나를 깨끗하게 하소서.

꿈과 욕망이 내 안에 집을 짓기 이전

순결하고 아름다웠던 소년의 자리로 되돌리옵소서.

오직 당신을 그리워하고

당신이 계신 자리에 만족하려 했던

그 시절로 되돌아가고 싶습니다.

다른 꿈이란 이제 없습니다.

소유의 욕망도, 높아지고픈 자리도 없습니다.

열등감이 사라지고 자존심이 내려지고

낮은 자리의 사람이나 높은 자리의 사람들까지

모두를 똑같은 시선으로 바라볼 날을 기다립니다.

내 노년의 시작은 그날부터이겠지요.

남은 소박한 꿈 하나 있다면 그것은

함께 사는 일입니다.

어떤 자랑이나 부끄러움 없이

웃고 울며 정을 공유하면서 사는 일입니다.

미래의 천국을 보지 않으렵니다.

현재 거하는 이 세상에서 천국을 만들겠습니다.

나의 천국에 당신을 모시고

당신의 사람들을 초대하며 살려 합니다.

전쟁터 같은 세상을 향해서

손가락질하며 비방하려 했던 말을 거두겠습니다.

나를 비워야

내 안의 천국도 시작된다는 걸 깨닫습니다.

그 자리에 당신은 오실 수 있으며

당신이 주인이 되는 그 집에

당신의 사람들이 찾아오게 될 것이라는

이 평범한 진리를 깨우쳐 주시니 감사합니다.

비우소서. 비우게 하소서….

당신의 사람들이 더 찾아오도록….

살리는 일

할머니 한 분이 돌아가셨다.

충분히 살릴 수 있었는데, 남편의 주장과 강압에 아무것도 할 수 없었다.

병이 심해졌고, 간신히 설득하여 병원으로 이송했지만, 이미 회복의 기회를 놓쳐서 일주일을 못 넘기고 떠나셨다.

우울한 마음을 다른 소식이 달래어 준다. 며칠간 돌봐드린 심각한 위기 어르신이 회복되어 나를 찾는다고 돌봄 선생님이 전화를 했다. 빠른 걸음으로 부랴부랴 찾아갔다.

치매가 급속히 진행되어 밥 달라는 소리만 하고, 대소변도 못 가리며, 바퀴벌레와 동거했던 어르신이었는데, 다른 사람이 되어 있었다. 이것은 기적이다. 이 즐거움으로 하는 요양사업이다. 누구는 가족도 죽음의 자리로 내몰지만, 가족이 포기한 분들을 살려내어 편안한 노후의 자리를 펴 드리는 일이 이 사업의 보람인 것이다.

사업적인 성장에 무관심했던 얼마간, 돌보던 어르신은 많이 줄었고, 힘든 일도 겹쳐왔으나, 이제는 균형을 잡고 본래의 마음으로 바로 서려고 한다. 보람이 있는 곳에 행복이 있다는 생각이다.

병원에 입원하면서 불안해하던, 동생 같은 돌봄 대상자를 바쁜 중에 기도하면서 보냈는데 이제 퇴원 중이라는 밝은 목소리를 지금 들려주고 있다.

살리는 일이 나를 살린다.

살리는 일만 내게 행복을 준다.

오늘은 내가 회복되는 날이다.

당신은 내 어머니여야 합니다

어린아이로 되돌려 놓으셨나. 그저 사랑스럽구나.
몸에 배는 냄새라 하지만 사랑하는 마음 주시니
어린아이의 배변처럼 느껴질 뿐이다.

안아줄 수 있다. 얼굴을 부벼도 된다.
손잡으면 놓지 않으시는 어르신은,
육신이 병이 아닌 외로움이 병이 되어 있다.
찾아와 주는 이 없고 찾아와 달라 부를 수 없어
이렇게 불쑥 찾아가면 내 손 놓지 않는구나.

봄날씨처럼 변덕스러운 성격이라지만
조금 매만져 드리면 웃음이고 눈물인데
그마저 없다면 사람일까.

아쉽게 떠나가신 어머니
자식들 고생시키지 않으시려 홀연히 떠나시더니
이분들을 어머니로 알고 섬기라 하시나….
어머니가 생각나는 만큼 돌보라 하시나….

당신은 여전히 어머니께 갚지 못한 내 빚

이제 금방 내 몸도 그리되겠지만
그때까지는 당신도 내 어머니입니다.
그러셔야만 합니다.

어느 알코올 중독 어르신

알콜중독 어르신 한 분알 날마다 아침에 방문하고 있다. 영혼에 대한 목회적 관심의 심방이며 치료상담이다.

중독에 이른 사람을 변화시킨다는 것은 약물적 도움 외에는 길이 없어 보이지만 하나님께서 하시기를 바라는 기대와 믿음 때문에 마음을 주고 기도하며 함께하는 것이다. 의지로 몸을 통제하는 일은 한계치가 존재한다. 몰라서가 아니고 충분히 인지하고 있으며 다짐과 계획도 하지만 안되는 것을 어찌할 것인가!

첫날은 얼굴을 익히는 시간이었고, 둘째 날에는 아침 시간인데도 이미 술에 취해있어서 약 한 봉지도 먹게 만들 수가 없었다. 손잡고 얼마간 기도하니 눈물을 쏟아내었다. 그러나 어제는 달랐다. 처음으로 맑은 정신의 어르신을 대할 수가 있었다. 가능성을 보게 되는 보람 있는 시간이었지만, 오늘도 어제와 같으리라고 보장할 수가 없다.

이 젊은 어르신에게 마음을 줄 수 있는 두 가지 이유가 있다. 하나는 이분에게서 돌아가신 내 아버지의 젊은 날들이 보였으며, 더 중요한 다른 이유는, 하나뿐인 아들 가족과의 만남 때문이었다. 그들에게서 조금이지만 어릴 적 나의 모습을 보았기 때문이다.

소망 없는 이 노인을 구청에서 소개받은 후 일요일 오후에 방문했을 때 만났던 아들 가족은 때 묻지 않은 착한 모습이었다. 오산에서 살고 있다는 그들은 매주 어머니를 만나러 아내와 아이들을 데리고 찾고 있었다.

자식을 버린 엄마는 중독자가 되어 있는데 아들은 엄마를 포기하지 않고 반면교사로 두고 있음이 분명했다. 아들이 포기하지 않는 66세의 이 젊은 노인을 성직자인 내가 포기할 수는 없다.

참 어려운 숙제를 하나님께서 내게 주셨다.

함께 감당할 힘을 주소서!

기적이 필요하오니 하나님께서 이 영혼을 불쌍히 여기소서!

노인의 얼굴

나이 들어 깊게 패이고 주름진 얼굴과, 기능이 다하여 불편해진 신체로 조심스럽게 움직이시는 어르신들을 늘 바라보는 일이 나의 직업이다.

꿈 많은 젊은이의 열정적 모습이 아닌 떠나가는 마지막 인생길의 어르신들인지라 다소 어둡기는 하지만, 그래도 한분 한분의 소설 같은 삶을 들여다볼 수 있다는 것과 마지막 인생길에 작은 동행이 된다는 사실이 또 하나의 행복이다.

티 없는 어린아이들은 부드러우며 맑고 깨끗하여 투정까지도 아름다워 보이는데, 어르신들에게는 가시가 있고 상처의 구멍들이 깊다. 절벽이 보이고 건조한 사막과 끝 모를 늪이 펼쳐있기도 하다. 젊은 날에 가득했던 무궁한 변화의 가능성이 아니라, 고착된 몇 가지 성향이 집을 짓고 있다. 변화의 기대를 갖는 순간부터 충돌이며 아픔이기 때문에 그대로 받아들이는 것이 지혜이며 돌봄의 방식이다.

불편한 것들을 찾아 해결해 주는 보람도 있지만 어느 때는 이유 없이 욕을 한참 들어야 한다. 누군가가 들어야 할 것을 내가 대신 들어주는 것이다. 오늘 만난 시각장애인 어르신은 세 시간 동안 나를 붙잡고서 그렇게 한풀이를 하였다. 청력도 약하여 듣지 못하는 그분에게는 쌓인 게 아주 많았다.

당당함이 주는 힘

어르신들을 돌보다 보면 마음이 애틋하고 사랑이 가서 부모님처럼 모시고 싶은 분이 있다.

아흔둘의 어르신 한 분을 집에 모시고 들어왔다. 재산도 가졌고, 복잡한 사연을 가진 분으로 당장 보호해 주지 않으면 안 되는 어르신이어서 잠시 모시게 되었다. 돌아가신 어머님과 같은 연세이어서인지 어머님이 되돌아오신 듯하여 많은 시간 대화하고 함께 산책하며 지내고 있다.

무시해도 될만한 사람이 있고 당당하여 무시할 수 없는 사람이 있다. 겉으로 풍기는 권위는 자신을 지켜주는 힘이다. 이 어르신이 그런 분이시다. 있고 없고를 떠나 하나님의 자녀로서의 당당함은 중요하다. 그 자존감이 자신의 가치를 드러내고 있다.

구제란 무엇을 기대하고 행하는 일이 아니다. 가진 자이든 없는 자이든 상관 없이 사랑의 마음으로 다가갈 수 있다면 그것을 하나님은 기뻐하실 것이다.

기대하는 것이 없다지만, 함께하며 더 편할 수 있는 이 묘한 힘은 무엇일까?

나이가 들면

나이가 든 사람을 만날 때면 진심을 보여주기가 어렵고, 진심을 마주하기 어렵다. 젊은 시절 알았던 사람도 다시 만나면 탐색이 시작된다. 믿어도 되는지를 생각하고, 필요에 의해서 관계를 계산하려고 한다.

세상 때가 묻었다는 것은 추해졌다는 것이 아니라 자기만의 색안경에 익숙해졌다는 뜻이다. 첫인상과 한 번의 만남으로 판단하고 결정하려는 태도를 나이 든 사람들은 누구나 가지고 있는 것 같다.

어리고 젊은 사람들을 내가 좋아하는 이유는, 그대로 볼 수 있기 때문이고 그대로 받아주기 때문이다.

어린아이다움은 지켜야 하는 순수의 가치이다. 나이가 들어도 앳된 모습을 누구나 조금씩은 꼭 가져야하지 않을까?

어느 노인에게 보이는 귀여움이 생각난다.

어떤 장식품보다 아름다웠다.

본능의 굴레

남자 어르신들을 돌보며 느끼는 성적반응은 쉽지 않다. 열 중 하나둘은 꼭 추행적 행태를 드러내고 있기 때문이다. 육체적 힘은 없어 큰 문제는 발생하지 않지만, 언어적 희롱이나 신체적 접촉의 요구 등으로 문제를 만들 때가 있다. 7, 80 심지어 구순에 이른 분들도 그러하다. 노년에 이르러서까지 이런 행태를 나타낸다는 건 병적 증세이고 도덕지능의 문제라 생각한다.

사람을 포함하여 모든 동물에게 나타나는 동일 현상이 있는데, 특히 여성은 폐경을 통한 제한이 나타나고 남성은 죽는 순간까지 그 본능이 멈추지 않는다는 사실이다. 이걸 조절하는 게 바로 인격적 훈련이다.

지성과 인격이 생명인 교수나 종교인일지라도 훈련되지 못한 인격은 어쩔 수가 없다. 손해는 본인이 겪는다.

겉으로 보면 평생 오점 없이 살아온 분 같은데, 성추행으로 부끄러움을 남기는 분을 보고 있다. 아무 힘없는 노인인지라 자존심 상하지 않도록 지혜롭게 대처하지만, 성직자로 살아왔던 내가 부끄럽다. 이분이 목사이기 때문이다.

요즘은 목사라는 호칭을 직업현장에서는 듣지 않으니 다행이다. 목사 같은 평신도, 평신도 같은 목사. 신앙인으로서 내가 가장 좋아하는 사람들이다.

죽음을 생각한다

잘 살기 위해 죽음을 생각한다.

삶에 목숨 걸면서, 남을 짓누르지 않기 위해 죽음을 생각한다.

영원의 소중함을 간직하기 위해 죽음을 생각하며, 아름답게 떠나기 위해 죽음을 생각한다.

남은 평생은 단 하루도 죽고 싶은 마음 품지 않으려 죽음을 생각한다.

삶을 아름다움으로 채색하려면 죽음의 그림자를 볼 줄 알아야 한다.

삶만 생각하면 죽음의 길은 더 가까운 것이고, 죽음을 준비한다면 삶은 더 강인한 법이니까….

슬픔과 기쁨은 늘 교차하듯 생각의 집에는 죽음과 삶을 함께 두어야 한다. '왜'냐 묻지 않고 '어떻게'를 물어야 한다.

노인들의 성격

마른 나뭇가지처럼 굳을 대로 굳어진 성격인지라 만나서 이야기해야 할 때는 부드럽게 감싸주고 적셔줄 것을 찾아야 한다.

오랫동안 어르신들을 돌보면서 논쟁에서 내가 이긴 적은 생각나지 않는다. 싸우는 지경에 이르는 것은, 어르신을 죽이는 일과 다름없기 때문이다.

오늘도 작은 오해를 풀어주기 위해 갔다가 의사가 병의 원인 인자를 찾듯 턱없는 서운함을 표출하는 것에 대하여 용서를 구해야 할 작은 이유 하나를 찾아내었다. 약한 자에게 승리의 깃발을 들게 해주는 일이 회복이 불가능한 장애자나 어르신들을 돌보는 일이란 걸 잘 알고 있다.

작은 마음 하나 붙잡아줄 수 없다면 복지 사역일 수 없다고 생각한다.

생존이 중요한 시대가 아니기에 물품 하나 던져주는 것은 그리 중요치 않다. 마지막 남은 자존심 하나를 지켜주는 일이 소중하다는 생각이다.

두 어르신의 죽음 준비

당장 죽고 나면 적은 재산 외에 기억해 줄 자식 하나 없는 두 어르신의 모습이 며칠 사이 계속 내 눈에 보인다.

병증이 많은데 연고 하나 없는 한 남자 어르신이 조용히 나에게 수첩을 내어 보이신다. 언제 죽을지 모르는데 집세와 보증금과 통장에 남은 몇백만 원의 돈에 대한 정리를 설명하신다. 최소한의 것 외에는 모두 은혜 입었던 교회에 기부를 부탁하고 있었다. 마음만은 큰 부자인 어르신이었다.

오늘 찾아간 구순이 넘은 할머니는 하나밖에 없던 딸을 일찍 먼저 보내고 수십 년을 혼자 사시는 분인데 모든 고통을 홀로 감내하고 계신다.

며칠 입원 치료 후 퇴원했는데도 까다로운 성격 때문에 사람을 집에 들이지 못하고 있어서 걱정되어 찾아보았다. 잔뜩 신경질적인 모습으로 어떻게 하면 있는 돈을 마음껏 쓰면서 고통 없이 살 수 있을까를 말하는데 그러면서도 정작 움켜쥔 재산은 자신을 위해 뜻대로 사용도 못 하는 분이시다.

어르신들에게 있어 재산이란, 가진 양이 아니라, 사용할 수 있는 능력에 있다고 느꼈다.

마음은 부자

많은 것을 가졌어도 거지인 사람이 있고 아무것 없어도 부자인 사람이 있다. 현재의 위치와 소유는 눈에 쉽게 드러나기 때문에 쉽게 인정받을 수 있다. 마찬가지로 마음의 얕고 깊음 역시 몇 마디 대화를 나눠보면 쉽게 드러난다. 오늘 만난 어르신은 아무것도 가진 것 없는 분인데 표정이나 마음에 담긴 것이 너무도 깊어서 한마디 한마디를 기록해 두고 싶었다.

병으로 남편을 일찍 떠나보내며 집 두 채에 해당하는 많은 재산을 다 잃어버리고 홀로 40년을 자식들을 키우면서 살아온 어르신이다. 조그마한 원룸에서 걷지 못하고 앉은 채로 몸을 움직여 다니시면서도 남의 도움은 일절 거절하고 있다. 고고하고 강직하고 배려심까지 큰 이런 분을 만나보는 것은 기분 좋은 일이다.

등급 신청을 하면 당장 요양 등급은 나올 분인데도 한사코 거절하셨다. 기어다니는 몸이지만 혼자서 충분히 청소하고, 밥해 먹고, 뒤처리할 수 있다고 하셨다.

"왜 내 몸 스스로 간수할 수 있는데 사람을 불러! 보내줘도 난 필요 없습니다."

아흔이 다 되어가는 분인데 이만큼 총기를 가지고 자신을 지탱할 힘이 의지력에 있다 생각하니 더욱 아름답게 보였다.

자주 들러볼 생각이다. 내가 저런 모습으로 늙고 싶기 때문이다.

심부름도 찾아서 해드리면서 마지막까지 곁을 지켜드리고 싶다.

내게 행복감을 주는 것은, 수익과 아무 상관 없는 이런 만남에 시간을 내

어줄 때인 것은 무슨 연유일까.

과연 행복이란

오늘은 혼자 사시는 여자 어르신 댁에 방문했다. 예전에 비하면 건강은 많이 좋아진 모습인데, 9년 전 먼저 떠난 남편의 빈자리가 아직도 커 보인다. 집안 가득한 사진을 들여다보며 과거 추억을 타래실처럼 풀어낸 시간이었다.

그 시대에 부족함 없이 살며 네 자녀를 키우고, 너무도 다복했던 가정이었다. 그 중심에서 부부간의 깊은 결속이 느껴졌다. 어느 날 딸은 잠시도 안심하지 못하고 엄마를 아끼고 보살피는 아빠에게 이런 말을 했다고 한다. "아빠! 파랑새도 꽉 잡으면 죽어요."

그토록 행복하게 살았기에 남편이 떠난 빈자리는 10년이 다 되는 지금까지도 이 어르신을 힘들게 한다.

부부로 살며 늘 전쟁인 사람이 있고, 둘인지 하나인지 모르게 서로에게 무관심한 사람도 있고, 한 사람의 지극한 사랑 때문에 행복한 사람도 있고, 가끔은 서로 죽고 못 사는 잉꼬부부도 있다.

이 어르신은 집안 가득 추억의 사진을 채워놓고서도 이런 말을 했다. "난 그때가 그렇게 좋은 줄 몰랐어요. 그 사람은 나를 잠시도 혼자 놓아두지를 않았으니까요."

지나친 남편의 사랑도 구속이었다는 뜻이다.

과연 행복이란 무엇일까?

지금 이 순간은 외로움이 커 보여서, 이야기를 나누는 내내 연인처럼 어르신의 손을 잡고 어깨하고 있어야 했다.

남은 재산을 가치 있게 쓰는 방법

써야 할 것도 쓰지 않고 저축하여 재산을 만들었던 어르신들이 한분 두분 떠나가신다.

큰 재산은 자식들에게 불화의 원인이 되는 경우가 많다. 한편, 자녀 없이 혼자 살면서 집 한 채 정도 가진 분들에게 나타나는 특별한 현상을 요즘 자주 보고 있다. 이분들은 누구도 자신을 지켜주지 않는다는 생각 때문인지 하나같이 절약 정신이 강한 편이다. 덕분에 기본 의식주는 적절히 유지하는 경우가 많지만, 남은 재산 문제에 지혜롭지는 못하였다.

주변인에겐 인색한데, 자신을 돌봐줄 듯한 조카나 먼 친척에게 부동산을 넘겨주고 자신은 생활 보호대상자가 되어 교묘히 국가 돈을 받는 경우도 여럿 보았다. 그리고 신앙이 좋아 종교 생활에 심취한 권사님 몇 분이 계신데, 그분들은 교회에 기증하였거나 기증을 약속하고 있었다.

개인적으로 어르신들에게는 은행을 통한 모기지론을 권하는 편이다. 남은 삶을 더 보람 있게 살 수 있는 방법이기 때문이다. 안타까운 것은, 어느 친지나 교회에서도 그분들이 살아계시는 동안 자기 자신과 주변을 위해 소비하며 더 인간적인 삶을 사시도록 권하지 않는다.

작은 교회보다 큰 교회에 소속된 분들에게서 요즘 부쩍 기증현상이 많다는 건 이상한 일이다. 노령화되는 교회들이 헌금 수입이 줄자, 떠나가는 분들에게 기증 형태의 헌금을 기대하는 것은 아닐는지….

의미를 찾아서

하루 종일 쉴 틈 없이 보냈다.

새벽 3시에 119 구조대에서 전화가 왔다. 어르신을 급히 병원으로 이송하면서 보호자가 있어야 한다는 것이었다. 이럴 때는 먼 거리로 이사한 것이 후회스럽다. 급히 직원을 보내놓고 서둘러 병원으로 향했다. 자주 경험하는 일임에도 이런 상황은 항상 낯설다.

며칠 전부터 불안증으로 나를 자주 부르던 어르신인데 새벽 화장실을 가다가 낙상한 것이었다. 응급실에서 7시간이 넘도록 함께 있는데 어르신은 잠시도 곁에서 내 손을 놓지 않으려 하신다.

다행히 뼈가 크게 다치지 않아서 수술은 피했지만, 움직이면 안 되어 입원이 필요한데 수소문해도 간병인을 구할 수가 없다. 할 수 없이 아는 요양병원으로 이송하느라 오후 3시가 되었다.

젊은 날 결혼했었지만, 혼자의 몸이 되어 자식 없이 평생 홀로 살아오신 어르신이다. 몸무게는 겨우 35kg 정도인지라 가벼워서 날아갈 듯하지만, 나름 활동력을 갖고 당당하고 능력 있게 살아오신 분이어서 지금 이 순간까지도 누구를 의존하지 않았다. 그런데 지금은 혼자 있음을 몹시 불안해한다.

요양병원으로 이송하고 한참 안심을 시켜드린 후에, 팀장과 함께 잠시 어르신 댁에 들렀다. 어르신의 소지품을 챙기는데, 전에 못 보았던 젊은 날의 사진 몇 장이 오래된 브라운관 TV 위에 곱게 놓여 있었다. 90대인 지금의 모습에 비하면 상상이 안 되는 4, 50대 모습이었다.

순간 울컥한 마음이 밀려온다.

인간 행복의 세 가지 조건은 본능적 즐거움과, 어떤 일에 대한 몰입, 그리고 의미를 찾는 것이라 한다. 내가 볼 때 차가워 보이는 이 어르신에게서는 본능적 즐거움이 별로 안 보인다. 그런데 일에 대한 몰입은 특별했음이 분명하게 느껴진다.

본능적 즐거움은 실수의 지뢰밭과 같고 일에 몰입은 위험을 수반하는데 의미를 찾는 것은 누구나 할 수 있는 값진 일이라 생각한다.

초로(初老)의 인생 길목.

의미를 찾고 남기는 것만은 후회하지 않으려 한다.

아홉 살에 사선을 넘은

아홉 살 적 사선(死線)의 경험을 이야기하시는 어르신이 있다.

해방 후 분단이 고착화될 시점에, 의사였던 아버지는 15명 정도의 사람들과 함께 어두운 썰물 때를 맞춰서 황해도 해안가를 따라 조심스럽게 남하하던 중이었다. 자신은 어머니의 등에 업혀 있었다고 한다.

그런데, 순간 포탄이 터졌다.

한참 정신을 잃었다가 눈을 떴을 때는 아무것도 보이지 않고 물 위에 둥둥 뜬 사람들뿐이었다고 했다. 울면서 떠나온 마을로 되돌아갔는데, 다 죽고 혼자만 살아남았다고 안타까워하면서 다른 피난민들이 이 어르신을 데리고 나와, 함께 남하에 성공했다.

이후에는 고아였지만 미군 부대에서 심부름하는 아이로 살아남았고, 용감한 꼬마 아이로 미군들의 마음을 사로잡으면서 용돈을 더 받아 관리하면서, 돈과 세상을 지배하는 방법을 배워갔다고 했다.

강렬한 눈빛, 걸걸한 음성과 호탕한 모습, 갖은 욕설과 장대한 체격…. 누구에게도 제압당하지 않는 그의 독특한 성품은 죽음을 일찍 알았다는 것에 기인했을 것이라 짐작되었다.

엄마는 포탄을 몸으로 맞고 죽으면서 아이를 지켜내었을 것이었다. 자기는 그때 이미 죽었다고 말하였다. 그러하니 무서운 사람이 없고 무서운 세상도 없었다.

가정을 꾸렸다지만, 자신의 권위에 굴복하지 않는 가족을 품을 사람이 못되었다. 나이도 들고 세월도 흘렀으니 화해하고 찾으시라고 권유 해도, 자존심이 그것을 조금도 허락하지 않았다.

겨우 생명을 유지하는 삶이란 이 어르신에게 보이지 않는다. 구순(九旬)이 가까워지는 나이임에도 생각과 활동은 왕성하다. 인간관계에서 항상 권위자이고 사람들을 거느렸으며, 지금도 무엇인가 계속 자신만의 직업적 일을 이어가고 있다.

산다는 건 무엇인가?

어르신 대부분이 생명 하나 부여잡고 살아가고 있다.

'죽어야 하는데…' 라는 말은, 의미 없이 살고 있어 미안하다는 소리이다. 그런데 이 어르신에게는 조금도 그런 모습을 볼 수 없다. 죽음을 무서워하는 것이 아니라, 존재감이 사라질까 고민하는 이 어르신께 어쩐지 정이 가서 오직 자존심을 세워주는 일에 도움을 드리고 있다. 밥도 사드리고 때때로 자존심 세우라고 용돈도 드린다. 그러면 또 호탕하게 웃으신다.

"하하하…. 고맙습니다."

고개 숙일 줄 모르시는 이 어르신이 참 매력 있다. 지금까지는 이렇게 살지 못하였지만, 나의 노년도 이런 어르신을 조금은 닮고 싶은 마음을 품어 본다.

어느 의사의 결단

산부인과 의사였다. 바쁘고 화려한 삶이었다.

그러나 한창의 중년기에 위기는 찾아왔다. 갑자기 시력에 문제가 왔으며 그 원인이 복잡하게 얽힌 뇌에 있고, 치료가 불가능하다는 것을 확인했다. 어느 시점이 오자 더 이상 전문직업인으로 일하기 어렵다는 것을 깨달았다. 깊은 고민의 날을 뒤로하며 과감히 사업과 재산을 정리하였다.

가족에게도 짐이 될 수 있다는 것을 느꼈고, 아내와 자식들에게 자유를 주고 싶었다. 충분한 자산을 가족에게 남겨두고, 서울 반대편 끝 도봉산 자락으로 이사를 결행했다. 내가 아는 이 어르신의 사연과 비밀의 전부이다.

권위적 삶에 익숙한 사람들은 다른 이를 불편하게 한다. 모든 것에서 자신이 정답을 정하려 하고 반대하는 사람과는 부딪히기 일쑤다. 이 어르신을 돌보려는 사람을 찾는 것은 그래서 참 어려운 일이었다. 그러나 사람은 다양하고 이런 어르신을 잘 감당해 내는 요양보호사도 존재한다. 자녀가 감당 못하는 어르신에게 진정한 가족이 되어 줄 수 있는 사람이 있다는 것이 다행이고 감사하다.

가족에게 짐을 주지 않기 위해서 가족을 떠난 이 어르신의 결단도 참 특별했다. 다 알 수 없지만 아마도 어르신은 가족 안에서는 자유로울 수 없다는 것을 잘 알았을 것이다.

어느 가정도, 어느 부부와 가족 관계도 내 기준으로 쉽게 판단하거나 비난할 수 없다고 생각한다. 닫힌 환경과 눌린 제도에서 살아야 하는 게 인생이다. 다름을 인정하고 이해하며 사는 것은 그래서 중요하다.

　그런데도 나이가 들면 드러나는 것이 외로움의 짙은 그림자이다. 그 외로움을 이겨내고 사는 일은 고통이며, 그것을 극복할 수 있는 방법을 찾는 것이 이 세상을 떠나가는 과정의 사람들에게 있어서 연금 준비와 버금가는 중요한 일이라 생각한다.

　6개월 전, 도토리 음식점에서 이 어르신에게 맛있는 음식을 대접 받았다. 그때 이런 조건을 달았다.

　"어르신, 오늘은 제가 대접을 받지만 6개월 후 더운 여름에는 제가 접대하는 겁니다."

　그 후 반년이 지났고, 며칠 전 메모해 두었던 다이어리에서 확인을 하여 일부러 어르신 댁을 방문하였다. 반년 사이에 눈은 더 어두워졌고 이젠 사람과 물체도 확인하지 못하고 계셨다. 한 손을 붙잡고서 큰길 건너 콩국수 맛집으로 인도했다. 그런데 식사도 하기 전 미리 요양보호사에게 카드를 건네준 어르신은 결제를 마쳐버렸다. 오늘도 내가 대접을 받게 된 것이다.

　이 어르신에게 즐거움은 무엇일까? 곰곰이 생각해 본다.

　자신이 할 수 있는 것은 꼭 하는 것. 아는 상식을 주장하며, 자신의 능력 안에서 음식 한 끼라도 접대하며 품위를 지키는 것. 누구의 잔소리도 듣지 않고 주인됨의 자리에서 자기 목소리를 내는 것….

　이래서 가족을 떠나 홀로 살아오셨구나!

　단 하루도 남에게 무시 당하지 않고, 위축되지 않은 당당한 모습으로 살고 싶어 하셨구나!

착한 요양보호사는 어르신의 모든 말과 요구를 다 들어주고 있었다.

가끔은 자존심이 상하고 감당할 수 없다고 떠나려 하기도 했었다. 그럴 때면 힘들어하는 마음을 매만져 드리는데 그러면 쉽게 녹아졌던 요양보호사는 그 마음으로 6, 7년째 이 어르신의 가족이 되어 있다.

일반적으로 생활보호 대상 어르신들은 주민센터의 도움을 받지만, 이 어르신은 여유 있는 분이라 수도나 전기 등 작은 부분에서 어려운 것들을 내가 해결해 주기를 바라신다. 보이지 않는 분이라 손잡이 하나 부착하는 것도 업체에 맡기기보다는 내가 세심히 해결해 주기를 바라신다.

그렇게 정이 든 까다로운 어르신이다. 몸은 조금씩 쇠약해지고 언젠가는 이별할 때가 오겠지만 내가 이 사업에 몸을 담고 있는 동안에는 건강하게 살아주시기를 기도한다.

그 어떤 지성인과 전문업 종사자도 나이가 들면 가진 힘은 약해진다. 세상이 끝나감을 느낄 때쯤이면 겸손함의 자리에 이르게 된다. 혹, 목사인 내게 영혼을 의탁하는 기회를 하나님이 주신다면 손잡아 깊은 기도를 할 수 있을 것이다.

정과 사랑만큼 큰 힘은 없다고 믿는다. 예수님은 항상 말보다 몸이 먼저 움직인 분이셨다. 그래서 말은 능력이 되었다.

말보다 몸이 앞서가는 것이 그리스도인의 삶이라 믿고 산다.

그렇게 변함없이 살고 싶다.

정(情)줄

情은 온기입니다.

방의 온기는 시간이 지나면 식지만

사람에게 남겨놓은 情의 온기는 사라지지 않는 기억의 창고입니다.

정은 줄기입니다.

매력이 사람을 끌어당기는 힘이라 해도

사람을 묶는 끈은 생명의 情줄입니다.

추운 겨울에도 생명의 줄을 지켜내는 담쟁이넝쿨처럼,

약해 보여도 강한 情의 사람이어야 합니다.

진정 사랑의 사람이고 싶다면 정을 재산으로 삼아야 합니다.

혹 잊혀지고 멀어지며 설령 다시 안 볼 사람일지라도,

그가 다시 찾아오고 내가 다시 다가갈 그날을 위해

작은 점 하나의 정은 꼭 남겨두어야 합니다.

소리와 언어로만 온기를 주려 해서는 안 됩니다.

지나면 잊혀지고 멀어지면

역겹고 차가운 빈방이 될 수 있기 때문이겠지요.

완전한 행복은 결코 남이 만들어 주지 않는 것.

내 마음의 방은 행복의 공장입니다.

크고 화려한 마음의 집은 항상 싸늘한 빈 공간이 보이는 법입니다.

하지만 삶의 자리가 비록 작더라도,

그런 사람은 스쳐 가는 사람들에게

온기를 남기는 일이 어렵지 않은 법입니다.

비록 두텁지 못하여도

가느다란 생명의 情 줄로 충분한 인생이어야겠습니다.

명절의 외로움

이번 명절에는 서울을 떠나지 않았다. 집에 있으면서 홀로 계신 어르신 두 분을 찾았다.

한 분은 자식이 없는 92세 할머니이시다. 홀로 살아오시면서 재정적 힘은 조금 가지고 있으나 주변에 진심으로 돌봐주며 애정을 주는 사람이 없다. 편한 옷 한 벌을 사 들고 찾아갔더니 기쁨의 웃음꽃이 가득하였다.

다른 한 분은 80세 남자 어르신이다. 1·4후퇴 때 개성에서 홀로 피난해 오셨고, 당시 나이 15세였다. 두 시간을 함께 있다 떠나려니 조금만 더 있어 달라고 눈물로 사정하시었다. 하나 있는 자식이 전화도 안 받는다고 단축번호를 누르며 내게 넘겨주는데, 혹시나 하여 신호음을 끝까지 들어보던 중 받는 소리가 들려, 얼른 연결해 드렸다. 어르신은 울음 섞인 목소리로 몇 마디 말을 건네시더니, 한 달에 한 번 전화라도 받아달라고 사정하셨다.

처음으로 아무 곳에도 가지 않고 집에 머물러 본 명절이기도 하였다.
가까이 사는 딸과 사위가 집에 찾아왔다. 이제 앞으로 처가의 어르신들도 떠나시고 난 후엔 나도 더 이상 갈 곳이 없어지리라 생각하니 나도 나이가 들었다는 생각이 든다.

동행

조그마한 일에도 상심하시는 어르신들이다. 병원에 입원해 계시는 동안 돌보게 했던 선생님은 불가피하게 다른 어르신을 돌보도록 하였는데, 퇴원하셔서 돌아오신 어르신은 선생님이 자신을 버렸다고 생각하였다.

오늘은 병원 동행을 직접 해드리겠다고 약속하였는데 건망증이 발동하여 나도 그만 실수를 했다. 늦었지만 상심하실까, 싶어 오랜 시간을 더 깊은 정성으로 돌봐드렸다. 마지막에 한참을 기다려 약을 타는데 한 달간 드셔야 할 양이 한 보따리였다. 밥으로 사는 것이 아니라 약으로 사신다는 느낌이 들 정도였다.

몸을 움직이지 못하는 권사님이었는지라 지난 주일에도 찾아가 예배인도를 해드렸었는데, 집에 모셔드리고 돌아왔더니 전화를 하신다.

"목사님. 기름값 하시라고 차 뒷자리에 봉투 하나 두었어요."

목사가 자신을 돌봐주는 것에 대한 미안한 마음을 너무 크게 갖는 어르신이었다. 목회자는 바쁘다는 인식을 강하게 갖고 있는 탓이다.

목사에게 바쁘다는 것은 과연 무엇일까를 생각한다.

가장 많은 시간을 기도와 묵상에 할애해야 하고, 언제라도 섬김에 대응하기 위해서라면 목사는 바빠서는 안 된다는 생각을 해본다.

기름값을 받지 않았다면 기쁨이라도 더 남았을 텐데 마음이 편하지 않다.

어르신 방문

오늘 하루 집을 찾아가 만난 독거 어르신이 일곱 분이다.

옥탑방에서 홀로 사시는 할아버지는 혼자 누울 곳 외에 짐들로 채워져 있고 스티로폼으로 창문을 막아두고 겨울을 힘들게 나고 있다.

97세 할머니는 귀도 어둡고 캄캄한 방에서 전기장판만 켜고 두꺼운 이불을 뒤집어쓰고 있어 찾을 때마다 불안하다. 큰글씨 성경책을 준비해 드리겠다고 약속하였다.

병원비를 감당할 수 없다며 수술한 지 며칠 안 된 몸을 일으켜 퇴원한 어르신 가정에는 후원받은 쌀 한 포대를 들고 찾았다. 강퍅한 마음이 이제 녹은 듯하여 손잡아 기도해 드렸다.

큰 아파트에 부부가 살지만, 아내 되는 어르신이 몇 달째 아파 요양병원을 옮겨 다니고 있어, 홀로 외로움을 견디고 있는 어르신도 찾았다. 그렇게도 완고해 보였던 분인데 마음이 녹아내려, 속 이야기를 꺼내셨다.

내년이면 백 세가 되는 어르신 한 분은 겨울나기를 위해 가스비 무료 공급을 주선해 드렸음에도, 그동안 가스를 아끼느라 사용을 거의 하지 않고 있었다. 추운 방에서 떨고 계시길래, 설명을 해드리며 따뜻하게 해드리고, 꼭 안아 기도해 드렸다.

오전 11시에 시작한 방문인데 순식간에 5시가 넘었다. 집을 찾을 때마다 혼자 남겨두고 나오는 것이 안쓰럽기만 하다.

99세의 할머니는 내 차가 시야에서 사라질 때까지 문밖에 나와 손을 흔들고 계신다.

요양원 거부감

어르신들은 요양원에 입소하는 것을 싫어하신다. 자녀들이 보기에는 안전하고 편한 곳이겠지만, 어르신이 보기에는 인생의 마지막 장소라는 인식이 강하여, 먹고 입고 거하는 모든 환경이 갖추어져 있음에도 거부하는 것이다. 게다가 공동으로 사용하는 물건들과 이 세상을 곧 떠나갈 사람들 속에 있기보다는 내 집에 있는 내 물건들 속에서 자유를 느끼려는 경향을 보인다.

외로운 사람들을 보자면 이해하지 못할 만큼 혼자만의 세계 속에 거한다. 그런데 자세히 보면, 외로움의 자리가 아닌 함께함의 공간이다. 사람이 아닐지라도 내가 좋아하는 물건들이 대화의 상대가 되어 있는 것이다. 그것들은 내게 상처를 주지 않는 친구가 되어 있는 셈이다. 그래서인지 어르신들은 오래 써왔던 물건들을 좀처럼 버리지 않는다. 쓸모없는 것들임에도 오랜 추억의 옷과 물건이 든든한 심리적 안전판을 형성하고 있는 것이다. 작은 공간일지라도 나만의 세상에 있고자 하는 것은 인간의 본능인 것 같다.

선뜻 요양원에 가려는 어르신들은 대개 지성적인 분이거나 배려심이 강한 분들이었다. 약한 모습을 보여주고 싶지 않다거나 자식들에게 부담을 주지 않으려는 선택이었다.

내 부모님도 서울로 이주한 나로 인해 정든 고향집을 떠난 후, 1년 만에 세상과 이별하셨다. 초라하지만 당신들의 보금자리와 이별한 원인이 나에게 있었다 생각하면, 지금도 가슴이 쓰라린다.

안타까운 습관들

오늘 돌보는 어르신은 혼자 살아온 삶이 길어서인지, 부드러운 듯 보여도 어떤 상황에 직면하면 돌변하며 히스테리적 반응을 드러내고 있다. 조금만 감정을 건드리면 폭발한다.

어린아이들이나 장애인들은 때 묻지 않은 순수함을 보이는데, 인생을 다 사신 어르신들은 같은 약함 속에서도 이기적인 속성을 더 많이 드러내고 있다. 처음부터 약했던 자와, 부하게 살았던 자와, 산전수전을 겪고 산 사람은 이렇게도 각기 다르다.

약함과 강함을 이용할 줄 아는 어르신은 오늘도 자존심만 내세우며 모두를 무시하고 있다.

더불어 살지 못하고 홀로 외톨이가 되어가는데 어떻게 해야 할까?

이미 정신은 불구가 되어버린 분인데, 정작 자신은 받아들이지 않고 모두를 힘들게만 하고 있으니 방법이 없다. 어르신들을 돌보며 가장 힘든 건 육체의 병이 아닌 이런 정신의 병인 것 같다.

노인의 언어

"오래 살까봐 걱정이다."

"밥만 축낸다."

오래 살아서 미안하다는 표현들이다.

많이 살고 싶음은 본능이련만 숨만 쉬고 사는 것에 무의미를 느끼는 것이다. 오늘도 여러 번 이 소리를 들었다.

단 한 사람에게라도, 살아 있어 주는 것이 고마울 수 있는 존재라면 결코 헛된 세상을 사는 것이 아니다. 어떤 삶일지라도 그런 삶은 아름다움이다.

하루라도 더 살게 하려는 섬김을 보는 것은 더욱 큰 아름다움이다. 그래서 나는 '얼른 돌아가셔야 하는데….'라는 말을 하지 않는다. 의사의 사명이 생명을 살리고 지키는 일이듯, 돌보는 일을 하는 사람은 대상자가 하루라도 온기를 느끼며 살도록 도와주는 사람이다. '죽어야 하는데….'라고 말하는 어르신들에게 미안함을 느끼지 않게 하는 사람들이다.

욕쟁이 할아버지

입에 담지 못할 갖은 욕과 험담에 무서운 협박까지….

주말 아침인데 일어나자마자 두 시간 동안 꾹 참고 들어야 했다.

87년의 생을 거짓말과 폭력으로 일관하며 살아온 한 노인의 삶의 방식은 그러하였다. 마지막 인생길이라도 아름다우면 좋으련만 이 어르신에게 주변의 사람들은 모두가 이용의 대상으로 보이나 보다.

1년 남짓을 돌봐드리면서 선생님을 보내면 몇 주 만에 교체해야 하였다. 폭력적 언사나 성추행이 어김 없이 드러났기 때문이다. 이번에는 그 정도가 너무 심하여서 관계를 정리할 심산으로 돌봐드릴 분이 이제는 없다며 타 기관에서 사람을 찾으시기를 권하였더니 며칠 만에 이렇게 과민반응을 나타내는 것이다.

병적 증세로 무슨 일을 저지를지 모를 분인지라 긴 시간을 조용히 들어드리는 것밖에 답이 없었다. 전화폭력에 시달리는 특수직업군의 사람들이 이해된다. 목회만 할 때는 이런 삶의 깊은 애환을 몰랐었다.

참으로 부끄러운 이야기를 더 해야만 한다. 권력과 명예에 사로잡힌 이 어르신은 장로 직분까지 버젓이 받은 사람이라는 사실이다.

가장 큰 재산

한때 대단한 배경을 가지셨던 분들이나 가족들을 만날 일이 많아진다.
가진 것은 사라져가는데 말로 자랑하려 하고 고개 숙이지 못하는 어르신들을 보자니 불쌍하고 안타깝다.

어떤 어르신은 나에게만 주는 거라면서 수십 년 되었음직한 명함 한 장을 건네주었다. 강남에서 남부럽지 않게 살았던 이력을 담아놓고 있었다.

안정된 삶을 살았다는 사람들이 자랑하는 것들은 유치하다, 외국여행 많이 했고, 큰 교회 다니고, 큰 병원에 다니는 것 등이다. 그럴 때면 치켜세워주긴 하지만 참 씁쓸하다.

반면에 어린아이처럼 순박하며 겸손한 어르신들을 만날 때면 기분이 좋고 오래 머물고 싶어진다.

8, 90대에 접어든 그들에게서 특별한 차이를 느끼기 어렵다.
50대에는 외모가,
60대에는 지식이,
70대에서는 재력이,
80대에 들어서면 건강이 평준화된다는데 맞는 말이다.
50대에는 주름이 늘면서 특별관리하지 않는 한 급속히 노화한다.
60대가 되면 두뇌 능력에 약점이 드러난다.
70대가 되면 돈을 펑펑 쓰지 않는 한 차이는 없다. 그 돈은 가져갈 것이 아닌 남의 돈이다.

80대 이후의 건강은 누구도 보장 못 할 생명임을 누구나 인지한다.

노인들이란, 관리를 잘한다 할지라도 그것은 십 년 정도의 차이일 뿐이다. 그래도 기본 인격을 가졌고 잘 배운 사람들은 무언가 다르다. 겸손의 성품이야말로 나이 든 어르신들에게 얼마나 큰 재산인지…. 그것은 무엇과도 바꿀 수 없다.

하지만 성품이란 게 노인이 되기 이전에 쌓아놓은 그의 재산이니 나이 든 이후에 어찌할 것인가!

과거에 여러 사회적 간극들로 소원했던 친구들을 이제 만나면 서로 비슷비슷하기가 초등시절과 일반이다.

60대 중반의 나이가 되면서 나 역시 순발력이 급속히 떨어진 느낌이다. 건망증이 늘고 중심 잡는 일이 예전 같지 않다. 쉬어야 할 나이에 업무 하나를 더 감당하려니 한 시간 이상 앉아 집중하면 뒷머리가 아파져서 자주 쉬려고 노력한다.

나이 든 사람들은 누구나 몸의 건강을 말한다. 그러나 더 살고 덜 사는 게 뭐가 중요할까? 마음 건강에 좀 더 관심 갖고, 뒤에서 좋은 소리 들을 수 있는 사람이 되어야 하지 않겠는가!

구구팔팔 이삼 사

나이 90세가 넘는 건 이제 일반적인 모습이 되었다. 40년 전 60세 환갑 어르신들을 보는 느낌이다. 의술이 발달해서 혈관과 장기를 침해하는 요소를 제거하고, 다른 것으로 대체하게 된 덕분이다.

그러나 근력이 약해지면서 또 다른 위험이 생긴다. 특히 실수로 인한 낙상은 삶의 마지막 과정을 지나는 어르신들에게 가장 큰 위험이다. 부러지고 으스러진 고관절 뼈는 대신하거나 바로 붙일 수가 없다. 고령인지라 수술도 어렵지만, 하지 않으면 회복 없는 고통만 느끼며 진통제에 의존하다가 결국 그로 인한 후유증으로 떠나시는 경우가 허다하다.

데이케어센터로 옮겼던 정든 어르신의 가족에게서, 어르신이 낙상사고를 당했다며 도움 요청이 온다. 직원들과 고민하는데도 답을 얻을 수 없었다. 그분을 위하여 아침부터 저녁까지 함께해 줄 요양보호사를 찾기 어렵고, 현재 규정으로서는 한 달 사용할 시간을 몰아서 며칠에 쓸 수도 없다.

가족들도 결국 요양병원으로 옮겨드려야 하는 것이 답이라 생각하면서도 얼마간이라도 집에서 함께하고 싶어 했다.

떠남의 과정은 이렇게 힘들다. 답도 없다.

9988234. 일곱 자리의 전화번호처럼 되뇌는 숫자이다.

아흔아홉까지 팔팔하게 살다가 이삼일 정도 아프다 죽는 것….

외롭지 않게 잘 떠나시기를 기도할 뿐이다.

더운 날씨이지만 지난번에 미용해 드렸던, 초고령 어르신의 간절한 부탁이 있어 미용 봉사를 했다. 행복해하는 모습에 내가 더 행복하다.

네 부류의 노인

어르신들은 네 부류로 구별된다.

아무것도 없으나 모든 것을 가진 자가 있다. 많은 것을 가졌으나 아무것도 없는 자가 있다. 많은 것을 가졌으며 더 많은 것을 채워가는 자가 있다. 정말 아무것도 없는 자가 있다.

오늘은 80대 중반의 외로워 보이는 한 어르신을 방문했다. 외로움에 맞서 승리하고 있는 사람이었다. 그는 지금 혼자이다. 1년 전 아내를 먼저 하늘나라로 보냈고 긴 외로움의 싸움을 싸워왔다. 게다가 그는 그보다 훨씬 오래전 하나밖에 없는 자식과 이별을 경험하였다. 큰 충격을 느끼며 이후 독서의 삶과 함께, 늦은 신학공부를 하였고, 지금까지 묵상과 기도의 삶을 중시하며 살아오고 있다. 집안의 분위기는 지성미가 가득했다.

그에게 피를 나눈 가족은 한 사람도 없다. 유일하게 남은 동생은 오래전부터 미국 땅에서 미국 사람으로 살아가고 있어서 없는 것과 다름없다고 했다.

95세까지 건강하게 살고 싶고 그렇게 기도한다고 했다. 지금 보기에는 백 세까지도 충분히 사실 듯한 느낌이다.

묵상과 기도 생활의 리듬을 깨뜨리지 않는 것을 가장 중요한 것으로 여겨서 가능한 여행도 하지 않고, 가정 안에서 운동하며 자기 관리에 철저한 삶을 살려 한다.

프랑스어 교사로 살아온 그는 아담한 아파트에서 살며, 사학연금을 받으며 보장된 노후를 살고 있다. 그러면서도 매월 70만 원 정도를 정기적으로 기부하며 근처 작은 교회 공동체에 몸담아 충분한 헌금 생활을 하고, 한 번은 어려운 처지에 있는 믿음의 사람에게 1억의 큰돈을 탕감해 주며 자유를 안겨준 일도 있다고 했다. 결코 자랑으로 하는 이야기들이 아니었다.

앞으로 남겨진 삶에 대한 계획과 세상을 떠날 때 재산의 사용까지 완벽한 계획을 수립해 두고 있었다. 어떻게 남은 노후를 살 것인가의 좋은 본을 보았다. 외로워 보이지만 전혀 외로워 보이지 않아서 내가 이 어르신에게 도움을 드릴 것은 별로 없어 보인다.

요즘 나는 다른 한 가난한 어르신을 돕고 있다.

모든 것을 다 가져본 사람이고, 지금도 가진 것은 커 보이지만, 돈이 없어서 밥을 사드릴 때도 있고 때때로 몇만 원씩의 용돈을 드리곤 한다. 이 어르신은 호주머니에 몇천 원도 없을 때가 많은데 편한 관계가 되어서인지 나에게 금전적인 도움을 요청할 때가 가끔 있다.

가난한 이유는 있다. 자신이 가진 것을 의미 있게 사용하는 방법을 모르고, 자신에게 주어진 인생의 시간을 계산하지 못하기 때문이다.

어르신들에게 재산은 현금성이 있어서 현실 생활에 사용될 수 있어야 하며, 살아있는 동안은 안전의 계획이 있어야 한다. 그런데 평생을 일확천금의 꿈만 좇아온 이 어르신은 죽는 순간까지 헛된 꿈을 좇을 것이다. 마약 환자가 마약을 구하듯 살아있는 동안 그렇게 생명을 연장할 것이다.

노인들은 변하지 않는다. 변화를 위해 노력하고 또 조금씩 바뀌기도 하지만 과거의 모습 그대로일 때가 많다. 아무 변화 없이 생존의 시간을 지켜주고 연장을 돕는 일만이 내가 할 일인가 하는 생각이 들 때면 허무감을 느낄 때가 있다.

십오 년 전 어르신 돌봄을 시작할 때는 85세 정도가 '적당한 죽음'의 평

균적 연령인 느낌이었는데, 지금은 90세 초반 정도가 된 느낌이다. 앞으로 20년쯤이 지나면 백 세는 넘어갈 듯하다. 백 년을 외로움 덜 느끼며 안전하고 건강하게 사는 고민과 계획이 필요한 때다.

빈 기억의 창고

기억에 없는 갓난애적 큰 사랑을
이제는 당신에게 되돌려 달라고
스스로 기억 없는 세상으로 가시고 있네.
안개처럼 희미해진
돌아올 수 없는 그 길을 가시고 있네.
받아들일 수 없는 것은 자신인데
사랑하는 사람들을 아프게 하고
남은 사랑까지 좀 먹게 하면서
얼마나 사랑했으며
어디까지 사랑할 수 있는지를
끝까지 시험하고 있네.

불쌍타 하면서도 섬뜩하고 무서워
사람들은 다가서려 하지 않는데
없으면 불안하여
속으로 울고 있는 아이시구나.
사랑만을 먹고 사셔야 하는데
희망이 없는 생명인지라
외로움에 떨고만 계시는구나.
새로운 사람은 거부하면서

마지막까지
가족의 손을 놓지 않으시는구나.
그것은 어쩌면 공평인데….
나만 그것을 갚아야 하느냐고
한탄을 하는 사람이 있더라.
나는 그것을 갚지 않아도 된다며
감사하는 사람도 있더라.
모든 것을 다 받았으면서
마지막 남은 조금의 것까지
빼앗아 가려는 자식도 있더라.

생각하면 차라리
남은 기억의 마지막 조각까지
다 버리고 가는 그 어르신이
행복이었겠더라.

기억의 강

"원장님! 아버지의 움직임이 감지가 안 된다고 해요!"

부천에 있는 아들이 어르신 감지 센터로부터 확인을 받고서 다급히 내게 전화를 했다. 급히 달려가 보니 깊이 주무시고 있고, 살펴보니 상시 연결되어야 할 전원선을 빼서 아무 생각 없이 휴대전화의 충전기로 사용하고 있었다. 그는 자신이 무슨 일을 했는지 전혀 모르고 있었다.

며칠 전에는 요양보호사와 갈등이 생겨 힘들어하는 여자 치매 어르신을 방문한 일이 있었다.

"도깨비가 왔어요. 있을 수 없는 일이 일어났어요."

치매 증세로 우울증과 화에 빠진 어르신은 자신의 상태를 받아들이지 못하고 요양보호사를 공격하며 계속 자신의 정상성을 인정받으려 했다. 정성을 다해 돌봐드렸던 요양보호사는 보람도 느끼지 못한 채 다른 어르신을 돌보는 것으로 결정했었다.

없어진 약과 값싼 액세서리의 분실을 요양보호사가 가져간 것이라고 하시니, 관계를 되돌릴 다른 방법이 없었다. 요양보호사 선생님은 울며 그의 곁을 떠나야 했고, 어르신은 떠난 요양보호사에게 전화도 하고, 이별을 아쉬워하며 우울해했다. 그 어르신을 달래느라 그 후에도 하루걸러 찾아가며 손잡아 기도하면서 위로하고 있다.

오늘은 많이 안정되어 보였다. 기도의 힘을 많이 느낀다. 치매 어르신은 어찌 보면 참 단순하다. 무엇 하나에 집중하면 그 생각에 집착하고 헤어나지 못하기 때문에, 가능하면 이렇게 아주 잊어버리도록 새 옷으로 바꿔 입혀드리는 것을 선택할 때가 있다.

　전에는 잘 알아보았던 어르신인데 지금은 나를 알아보지 못하는 것을 볼 때 참 서글프다. 오늘도 그런 어르신 한 분을 보고 왔다. 장기 외에는 뼈도 굳고 머리는 하얀 재처럼 되어서 초점 없는 눈만 뜨고 계신다.

　그렇게 기억과 몸으로 이별해야 하는 어르신들을 늘 보아야 하는 것이 보람의 이면에서 느끼는 내 직업의 아픔이다.

나도 가야 할 길

　뇌가 죽어가는 치매 환자가 늘고 있다.

　어느 부위가 죽어가느냐에 따라, 기억이 희미해지고 감정이 매말라가며 정신질환증세를 보이다가 심해지면 몸을 움직일 능력을 상실하여 결국 이별의 길로 가는 무서운 질병이다. 진행 과정을 늦추는 것 외에 다른 치료가 불가능한 치매는 노인인구가 많아지고 수명이 길어지면서 점점 우리 가까이 다가오고 있다.

　슬프게도 그들에겐 가장 확실한 죽음의 미래이며 어떤 점에선 준비의 시간이 되지만, 겨우 몇 걸음의 차이로 뒤쫓는 나는 영원의 삶인 듯 세상에 취해 살아가려 하고 있구나.

아이 같은 분

목욕을 돌봐드리는 어르신이 있다. 이 어르신과의 만남은 즐겁다. 그분이 나를 기다린다는 것이 좋고, 그분이 어린아이 같아서 좋다.

젊은 날 사진과 지금의 사진은 너무도 달라 보인다. 주름이 늘어서 달라진 얼굴이 아니다. 치매로 잠시 전의 이야기도 기억 못 하는 천진한 아이의 모습으로 변모되어서이다.

덥수룩한 얼굴의 수염을 깨끗이 밀어드리고 목욕을 시켜드리는데 변실금이 있는 어르신인지라 잔여 배설물이 손에 묻는다. 그런데 냄새나 느낌도 역하지 않다. 내 아이가 어릴 적에 돌보던 느낌과 크게 다르지 않았다.

왜 그럴까.

잠시 생각해 보았다.

무관하고 미움이 있다면 싫게 느껴지는 것이고, 관심과 사랑의 사람이라면 냄새도 달아난다는 걸 깨달았다.

망각의 다른 얼굴

어르신들과 이야기를 나누며 기도해 드리기 위해서 매주 찾는 주간 보호 센터가 있다. 대부분 치매 어르신인데 표정은 제각각이고, 얼굴에는 인생 여정이 그대로 적혀있다.

유독 한 어르신에게는 눈을 맞출 수가 없다. 눈만 마주치면 입에서 욕이 튀어나오기 때문이다. 왜 자신을 향해 이야기하느냐는 것이다.

뇌의 어느 부분이 손상을 입느냐에 따라 치매 증상도 다양하게 드러난다. 그런데 고운 치매도 미운 치매도 그 사람이 살아온 인생의 얼굴과 닮았다는 느낌을 받는다. 화로 가득한 얼굴은 미운 치매가 되고 부드러운 사람의 얼굴은 예쁜 치매가 되는 것 같다.

아마도, 뇌가 죽어가도, 내게 익숙한 감정을 관장하는 부분은 가장 늦게 죽는 모양이다.

월담

담을 두 번이나 넘었다. 도둑이나 하는 일을 30분 간격으로 했다.

쓰레기를 줍는 어떤 어르신 한 분이 자기 집 앞에서 서성이며 난감한 표정으로 도움을 청하는데 도와주려는 동네 사람은 없었다. 어르신은 다른 열쇠를 가지고서 대문 앞에서 안절부절하고 있었다.

치매 어르신임을 직감할 수 있었다. 날씨는 춥고, 어르신이 힘들어하시길래 타고 온 자전거를 발판 삼아 담을 넘어가 문을 열어주었다.

바로 앞집에 있는 다른 어르신을 찾는 길이었으므로 물어보며 사정을 확인할 수 있었다. 아들은 택배 일을 하며 밤늦게 들어온다고 했다. 할머니의 재산이 많아서 생활 지원을 받지 못하고 있으며, 할머니 소유의 30평 넘는 아파트에는 딸이 살고 있다고 했다. 딸은 가끔 찾아와서 반찬만 던져주고, 다른 돌봄은 없다고 했다. 치매를 앓는 할머니는 방치된 채 주민들에게 민폐만 끼치고 있다는 것이다.

사무실에 가려고 문밖에 나왔는데 그 할머니가 종이 박스 몇 개를 들고 걸어오고 있었다. 그런데 또 문이 닫혀 있었다. 난감한 일이었지만 또 담을 넘어야 하는 상황이었다. 그러자 동네 사람들이 모여들어 할머니에게 원성을 쏟아부었다. 같이 세 들어 사는 젊은 부부는 화를 쏟아부었고 다른 주민들은 눈길도 주지 않으려 했다. 모두가 지치고 포기한 표정이었다. 어쩔 수 없이 다시 담을 넘어 문을 열어주고 돌아왔다.

서울 주변의 값싼 주택 밀집 지역은 이런 어르신들로 점차 채워져 간다.

반지하는 대부분 독거 어르신들의 차지이다. 요양원이라는 곳은 누구나 갈 수 있는 것이 아니다. 요양 등급이 필요하며, 수급자가 아닌 일반이라면 월 80만 원이 훌쩍 넘어간다. 몸을 움직여 걸을 수 있는 노인들은 살아있는 동안에 어느 곳이든 거처로 삼아야 한다. 문제는, 이 어르신처럼 보호자들이 방치한다면 그야말로 난감해지는 것이다.

자신들도 살아야 해서 돌아보기 힘든 것은 이해하지만, 문제는 부모의 재산을 이용만 하고 기본 도리는 포기하는 사람들이 많아진다는 점이다. 방치되는 노인 문제는 심각한 사회 문제로 우리 앞에 다가왔다. 가난은 나라도 구제할 수 없다고 했는데 초고령 사회로 가는 우리나라가 과연 이 노인 문제를 어떻게 풀어갈 수 있을는지….

헤어질 준비

급속 치매에 오래 방치되면서 심각한 상태였던 한 어르신을 돌보았다. 회복을 기대했지만, 환경과 의료적 돌봄의 세 달간의 노력에도 인지력이나 건강은 회복될 기미가 보이지 않았다. 여전히 3, 4세 수준의 인지력으로 하루 대부분을 혼자서 보내고 있다. 급히 요양원 입소를 위해 시설 등급을 요청하였고, 가실 곳을 알아보고 있다.

다음 달에는 요양원에 입소하실 것이고 그러면 영영 이별이다. 오늘은 어쩌면 마지막이 될지 모를 이발을 해드렸다. 그렇게 자주 찾아뵙고 목욕과 미용을 해드렸는데도 나를 잊어버릴 때가 있다. 면도와 목욕까지 마치니 한결 순결한 모습으로 변신한 느낌이다.

짧은 만남의 시간이었지만 평생 이름을 잊지 못할 어르신이다.

이럴 때는 셀카로 사진을 남긴다.

바쁘게 일한다 하여 늘 피곤한 것은 아니다. 사람과 정을 나누면서 나를 비우고 상대에게 나를 채워주는 때는 내가 에너지를 충전하는 시간이다.

그러나 나의 에너지를 빼앗아 가는 사람도 있다.

온갖 마사여구를 구사하며 상대의 마음을 얻으려는 목소리의 보호자가 있다. 나는 최선을 다하는데도 더 이상의 것을 흥정하듯 하는데 이럴 때는 조심하며 긴장하게 된다. 결과는 뻔하기 때문에 포기하고 싶지만 돌보아야 하는 사람을 두고 계산해서는 안 된다는 마음인지라 올무를 피하듯 한다.

그런데도 돌봄 사업이 좋은 것은 나를 속이고 에너지를 빼앗는 일과 사람보다는 보람과 기쁨을 더 안겨주는 일이기 때문이다.

직업의 선택이나 일의 방식에서 이익이 우선되는 일은 무조건 피해야 한다는 생각을 나는 하고 있다. 어려워도 내가 힘들지 않고 보람과 적당한 보상이 있으면 좋은 일일 것이다. 거기에는 경쟁이 문제 되지 않는다. 포기할 상황이 되면 언제든 내려놓을 수 있으니까….

은빛 동행

어르신들과의 동행은, 가족이 되어 주는 일이다.

가족을 완전히 대신할 수 없지만 보람과 감동을 많이 누린 날들이었다.

슬픔도 있고 아쉬움도 있었다.

혼자 할 수 있는 일이 아니었고,

함께한 소중한 직원들이 있어서 가능한 일이었다.

어두운 길에서도

어두운 밤도 계속되지 않고
뜨거운 낮도 순간이다.
사계절의 변환과 나이듦의 모든 과정도
순환의 아름다움 안에 있다.
때로 인생의 한점에 서 있을지라도
오래 멈춰있다면 곧 죽음인 것.
아픔과 슬픔이 주는 눈가의 이슬과
큰 고통에 쏟아내야하는 눈물의 강이라도
길가의 들꽃같은 미소와
주변을 밝혀줄 환한 웃음과
따뜻한 사랑이 있음으로
다시 걸을 수 있으니
희망의 끈만은 놓치지 말자.
그리고
한 송이일지라도
꽃이 되어 살아가자.

열 중 한 사람은

요즘 일주일에 두 번 밑반찬 배달 봉사를 하고 있다.
꽁꽁 언 길을 조심히 운전하고 걷고 뛰며 전달한다.
지난번에는 한 어르신이 달력을 달라고 해서 구하여서 갔다.
그런데 감사의 표현은 없이 화부터 낸다.

"왜 이렇게 늦어!"
"어르신. 오늘은 길이 얼어서 조심하느라 늦었습니다."
"이 사람이 말이야. 제대로 갖다주어야지 무슨 변명을 하고 있어."

두 시간 동안 열 분이 넘는 어르신 댁을 쫓아다니며 땀 흘리고,
숨돌릴 틈도 없이 이번에는 내 기관에서 돌보는 다른 어르신 집을 방문했
다. 병원에서 몇 달 만에 퇴원하여 오셨는데 반가워서 안고 어쩔 줄을 몰
라 하신다. 기도했더니 계속 울기만 하신다.
깊은 감사를 아는 사람이 열 중 하나라면, 감사를 전혀 모르는 사람도
열 중 하나인 것 같다.

떠나보낼 수 없는 사람

내가 아는 수백 명의 어르신들이 있다. 직접 관리해야 하는 분들이 80여 명이고, 모두 최선을 다해 돌보아 드리지만, 아무래도 선한 분께 더 마음이 간다. 나를 찾는 사람에게 더 많은 사랑이 흐른다.

내게 이익이 될 것 같은 사람이나, 어떤 필요를 목적으로 나에게 다가오려는 사람들 모두 나는 피한다. 돈에 매일 이유가 없고 사람에게 매일 이유가 없기 때문이다.

나는 자유자로 살려 한다. 사랑하고 싶은 사람을 사랑하고 불쌍히 여기고 싶은 사람은 끝까지 불쌍히 여기며 살려 한다.

세상엔 악한 사람이 많고 이익에 눈먼 사람이 많다. 그들도 영혼이며 돌이켜야 하겠지만 모두를 품기에 내 가슴은 너무도 작다.

예수님이 사랑했던 사람들, 그가 품을 수 있었던 사람들도 '모두'는 아니었다. 가난하고 병든 사람이 예수님의 친구일 수 있었던 것은, 착한 심성의 불쌍하고 갈급한 영혼이었기 때문이리라.

오늘도 내가 꼭 품어 안을 수 있었던 사람들은, 품으니 눈물이 났던 사람들은 그런 사람들이다. 눈이 안 보이며 이젠 죽게 기도해 달라는데, 그럴 수는 없다고 했다. 외로운 권사님을 뒤에서 꼭 안아드렸다. 너무 사랑스러워서 그냥 보내드릴 수가 없었다.

나의 행복

#1

귀한 참기름을 주시겠다고 부르신다. 받아올 수는 없지만 그래도 정겹다.
나를 만나고 싶어서 하시는 말씀이란 걸 알기 때문이다.

#2

4년 전 부인을 떠나보내고 혼자이지만 일곱 따님의 지극한 효도를 받으
시는 어르신도 나를 좋아해 주시는 아버님 같은 분이시다.
일곱 따님은 자식의 이름으로 아버지에게 박사학위를 수여했다.
어느 대학원의 학위보다 멋지고 실속 있는 학위증이다.

내가 행복한 것은
나를 좋아해 주시는 이런 어르신들 덕분이다.

목욕시켜 드리던 날

발을 씻기시는 예수님의 마음을 조금 엿보는 시간이 있다. 남자 어르신을 목욕시켜 드릴 때이다.

오늘도 그랬다.

천진난만해 보이는 이 어르신은 젊은 시절 만화가였다. 백 권이 넘는 학습 만화를 직접 그리셨고, 그 책들은 모두 서재에 꽂혀있다.

화려했던 인생 사진과 장비들이 아직 집안에 가득 쌓여있고, 여전히 만화를 그리시는 분의 작업실처럼 느껴진다. 보통 사람에겐 추억만 행복인 듯싶지만, 인격의 옷은 그것을 넘어서 자족의 자리에 이 나이 든 작가를 머물게 한다.

온몸을 내게 내어주시니 나는 구석구석 몸의 모든 부분을 닦아드렸다. 옷을 입혀드리고 나서 잠시 담소를 나누며 어르신이 그린 위인 전기만화 한 권을 손에 들고 살펴보았다.

지금은 누구 한 사람 찾아와 주지 않지만, 산책 시간엔 불편한 몸으로 풍경을 캠코더에 담아 동영상 합성도 하고 음악도 가미하면서 행복의 길을 찾고 계셨다.

이런 어르신을 목욕시켜 드리는 날은 행복감이 밀려온다.

폭염 속에서

폭염은 내가 돌보는 어르신들에게 비상상황이다.

에어컨을 켤 수 있는 환경에서 돌봄을 받는 분들은 문제가 되지 않지만, 선풍기에 의존하는 분들, 돌봐줄 사람 없는데 몸이 약한 분들은 불안하다. 벌써 두 분은 응급상태로 발견하여 병원에 입원시켰다.

제일 염려되는 어르신에게는 선풍기 하나를 따로 준비하여 갔다. 밤새 안녕하신지 불안하였는데, 찜통 속 같은 방에 홀로 누워 몸을 움직이지 않으신다. 한참을 부르니 드디어 몸을 움직이신다. 어르신 몰래 안도의 한숨을 쉬었다.

몇 분의 어르신들에게는 이상 징후가 발생하였다. 인지에 별문제 없어 보이던 분이 갑작스럽게 치매 말기 현상을 나타낸다. 더운데 문은 닫아둔 채 맨바닥에 옷을 다 벗고 누워계시는가 하면, 한 분은 변을 침상과 이불에다 발라놓았다. 한증막처럼 더운 방을 환기시키고 뒤처리를 해야 하는 직원들의 수고가 고맙다.

더운 날씨에 이집 저집 옮겨 다니는 50명 남짓의 직원들은 오래 함께한 천사 같은 사람들이다. 수고에 비하여 받는 급여는 적은데, 하나같이 사람을 돌보기 즐거워하는 소중한 성품의 가족들이다. 이런 분들과 함께 일하는 것은 보람이고 기쁨이다.

앞으로 한 주만 잘 버티면 날씨도 한결 선선해질 테니 안심인데, 그때까지 모두 무사하기를 기도한다.

자매의 동거

노년의 언니와 동생이 함께 작은 아파트에 거주하고 있었다. 기초수급자인 두 자매였다. 동생은 하체를 사용하지 못하고, 언니는 전혀 듣지를 못하였다. 특히 동생은 바깥출입을 못 하여 누군가가 꼭 수발해 주어야 한다. 건강보험공단에 장기 요양 등급 신청을 하였지만 번번이 탈락하였다. 그럴 때마다 어르신들은 안타까워하면서 전화로 다시 내게 부탁하곤 했었다.

최근에는 언니가 다시 몸이 안 좋다고 등급 신청을 의뢰하였기에, 관계기관을 통해 접수하여 심사가 이루어졌다. 드디어 좋은 소식이 들리는구나, 싶을 무렵, 불행한 소식을 접하게 되었다. 언니 되신 어르신이 그만 세상을 떠나셨다는 것이다.

그리고 오늘은 공단으로부터 등급이 나왔다는 소식을 접수했다. 조금만 일찍 처리해 주었다면 돌아가실 만큼 방치되지는 않았을 거란 생각에 허탈한 마음이 내내 떠나지 않는 하루였다.

봉사하다 만나는 어르신들을 위해서 등급 신청을 도와드리다 보면, 가끔 목사인 내가 돈벌이에 눈먼 사업꾼 목사로 인식될 때가 있다. 이 어르신에게도 공단의 직원이 나를 두고 '사업꾼 목사'에 준하는 표현을 했었다는 이야기를 전해 들은 적이 있었다. 그래서 더 적극적으로 돕지를 못했던 것인데, 결국 이렇게 되었다 생각하니 홀로 남은 동생분에게 미안하고 너무도 안쓰럽다.

다음 주에는 꼭 찾아가 위로해 드려야겠다.

미워할 수 없는 분들

출근하자마자 전화가 왔다. 어르신 댁에서 일하시는 선생님이었다.

"어르신이 저를 싫어하시나 봐요. 다시 오지 말라 하세요. 얼른 와주세요!"

달려가 보니 온 집안이 변 냄새로 가득하다. 소변줄에 기저귀를 차고 계신 어르신인데, 지난밤 자신의 실수로 변을 흘으시고 다니시고선, 요양보호사가 잘못 착용해 주었다며 탓하고 질책하는 것이다.

수없이 많은 도움을 드렸어도 아직껏 고맙다는 말 한번 보호자로부터 들어본 적이 없는 가정인데, 그래도 불쌍한 어르신인지라 아이들 달래듯 위로하고 나왔다.

또 다른 분께 전화를 드렸다. 자기밖에 모르는 성품을 지닌 분이다. 어르신은 늘 그렇듯 거짓말로 일관하며 대화를 피하셨다. 이익이 필요할 땐 연락하다가, 더 이상 도움이 필요하지 않으면 매정하게 단절하는 분이시다. 선한 도움을 이용하는 분들이 많다는 걸 실감한다. 많은 도움을 얻으려고 환경을 위장하는 분들이다.

바람을 잠시 쐬려고 나왔다가 또 한 어르신이 생각나서 발을 그곳으로 옮겼다. 몸은 불편함에도 끝까지 스스로의 힘으로 살아가려는 어르신이다. 평생 하나님을 섬기며 살아오신 권사님이신데 지금 사시는 집도 교회에 이미 기증하신 분이시다.

나를 보니 반가워하시면서 내가 좋아하는 김치 떡만둣국을 끓이시겠다고 하시는데 거절하고 싶지가 않았다. 조금 전 점심을 먹었지만, 어쩐지 맛

있고 달아서 국물도 남기지 않고 한 그릇을 다 먹었다.

한 어르신 때문에 받은 작은 상처는 어머님 같은 정으로 갚아주시는 다른 어르신으로부터 치유를 받은 것 같다.

목욕봉사의 마음

"어르신…. 좀 더 거동이 힘들어지고 몸을 움직이기 어려워진다면 그때는 저에게 몸을 맡겨주셔야 합니다."

씻겨드리고 싶은데 자꾸만 사양하시는 어르신이 있다. 아버지처럼 정을 나누고 있는 어르신인데 화장실 출입도 쉽지 않은 몸이면서도 아직 내게 목욕의 손길은 허락하지 않으신다.

어르신은 늘 단정하고 꼿꼿한 자세와 음성으로 나를 대면하고 싶어 하신다. 아마도 내가 목사로서 좀 더 권위 있는 모습이기를 바라기 때문일 것이다. 이 어르신은 자기 때문에 목사의 권위가 손상되는 것을 싫어하고 있었다. 미용하고 목욕을 시켜드리려면 목사가 먼저 겉옷을 벗어야 하고 반바지에 속옷 차림이 되어야 한다는 것을 잘 알고 있는 것이다.

언젠가 가장 잘 어울리는 양복을 입고 갔던 날이 있었다. 그때는 한참을 전혀 다른 사람 보듯 하셨었다. 이 어르신에게 옷은 매우 소중한 것이어서 단칸방임에도 드레스룸처럼 옷이 단정하게 정리되어 있다.

왜 우리나라 신자들은 유독 목사의 권위 있는 모습을 보려는 것일까?

하지만 성직자의 권위적 옷차림과 음성이 내게는 여전히 어색하고 불만이다. 유교 문화 배경의 우리나라에 와서 복음을 전한 선교사들과 초기 목회자들의 삶이 궁금하다.

최고의 요양보호사

명절 연휴는 어르신들에게 부담스러운 날이다. 오늘처럼 연휴 지난 첫 날은 더 정신없이 움직여야 한다. 독거 어르신들이 많고 가족들도 돌아보지 않는 분들이 많아서 그렇다. 기관 입장에서는 큰 손해일 수밖에 없는 250%의 급여를 추가 부담하면서까지 명절 연휴에 최소한의 근무 배정을 했었다.

명절 직후, 영하 20도까지 내려간 오늘은 깜깜한 새벽에 집을 나섰다. 긴급 서비스인지라 덜 준비된 상태에서 요양보호사 한 분과 동행하였다.

청각 능력이 거의 없어 조그만 백판에 글씨를 써서 소통하는 어르신을 가장 먼저 찾아갔다. 병원에서 퇴원하여 소변줄을 달고 계신 남자분인데 가득 채워진 소변을 내가 처리하는 동안, 요양보호사는 그것을 물끄러미 보며 낯설어하고 두려워하기까지 했다. 평상시에도 어느 누구의 도움을 싫어했던 어르신인데 소변줄을 달고서 불안하게 방 안을 걸으면서도 끝까지 서비스를 거부하는 바람에 어쩔 수 없이 돌아서야 했다.

행정업무를 처리하고 점심 직후 다른 어르신 부부를 위해서 또 다른 요양보호사를 데리고 갔다. 지난주에 동행했던 요양보호사는 기저귀를 찬 남자 어르신이라고 외면했었던지라 은근히 조심스러웠는데, 새 요양보호사를 만나는 오늘따라 이 어르신은 기저귀에 엄청난 양의 변을 채우고 있었다.

그런데 이 모습을 보던 요양보호사는 어르신을 목욕부터 시켜야 한다며 누구도 개의치 않고 겉옷과 양말까지 벗고 나섰다. 15년 가까이 요양사업을 운영해 오지만 이런 요양보호사를 보는 것은 처음이다.

돌아온 후 문자로 감사를 표현했다.

"오늘 수고하셨습니다. 정말 감동이었습니다. 함께 할 수 있어서 하나님께 감사를 드립니다."

답이 왔다.

"저도 좋아요. 오늘 어머님까지 목욕시켜 드려서 정말 좋았어요."

부부를 함께 돌보는 상황을 대부분 싫어한다. 싫어하는 것이 당연하고, 요구하지 않았음에도 돌봄의 대가보다 돌봄의 보람을 더 먼저 생각하는 이런 요양보호사를 만나는 것은 큰 기쁨이다.

최우수 기관의 자랑은 행정력에서 가늠되지만, 어르신들에게 최고의 기관은 이런 최우수 요양보호사가 있는 곳이다. 보호자 아드님의 표정에서도 큰 안도감과 행복감이 느껴졌다. 지난주 어르신을 외면한 요양보호사로 인해 상처를 입었던 분이었다. 이를 보면서 돌아서는 나도 행복하긴 마찬가지였다.

퇴근하고 집에 왔더니, 눈이 충혈되었다며 얼른 자라고 아내가 재촉한다. 그러나 이 좋은 기분을 기록으로 남기지 않으면 잠이 오지 않는다.

주는 기쁨

추위를 맞을 때 움츠리며 이불 속에 파고들기보다, 칼바람 에이는 바람을 맞서 걸어보는 용기가 더 필요하다. 잃음이 있을 때 얻음이 있음을 생각해야 얻음이 있을 때 내어놓음을 생각할 수 있는 것이다.

나에게 십일조는 계명이 아니다. 그런 계명은 애초에 존재하지 않았다. 얻은 것이 크기에 내어놓아야 하는 것은 내 안의 명령이다. 그것만큼도 내놓지 않으면 더 빼앗길 수밖에 없고, 당연히 빼앗겨야 한다. 누구도 내게 내어놓으라 명령할 수 없다. 나를 만드신 하나님의 마음 앞에서 내가 나를 향해 명령하는 드림이다.

올해 가장 추운 겨울 한낮이었다. 한 어르신에게 드릴 선물 하나를 준비했다. 어제 들렀던 소녀 같은 어르신 집에 전화기가 고장 났길래, 듣는 소리까지 마음껏 조정이 가능한 보청전화기를 준비했다.

기뻐 눈물지으실 그 어르신의 모습을 생각하는 이 순간은 내가 더 행복하다.

자존감으로

나를 감동케 하는 요양보호사들이 있다.

십수 년째 이어온 사업장이고 좋은 분들은 끝까지 내 곁에 남아있다. 어르신들의 건강도 중요하지만 돌봄 선생님들의 건강도 또한 중요해서 무리하지 않기를 항상 당부한다.

내가 이 사업을 하며 드리는 유일한 이기적 기도가 있다면 좋은 직원을 만나게 해달라는 기도다. 복지 업무의 특성상 높은 급여를 제공하지 못한다. 그러나 좋은 선생님들은 급여와 상관없이, 일의 강도와 상관없이 보람으로 일하려 한다.

인간은 이기적 존재이기에, 이기적인 어르신들은 요양보호사를 물건 고르듯 찾으려 하며, 요양보호사 역시 편한 어르신을 만나려고 힘든 어르신을 거부하거나 기관을 옮겨 다니려 한다. 이것을 탓할 생각은 없다. 그러나 좋은 선생님들과의 동행은 기관의 격을 높여준다.

선생님들은 무슨 일이 생기거나 힘이 들면 나를 부른다. 오늘도 어떤 선생님이 급히 나를 찾았다. 화장실에 쓰러진 어르신 때문이었다. 변을 뒤집어쓰고 꼼짝 못 하시는데 다행히 몸에 이상은 없었다. 목욕 의자에 힘들게 앉혀드렸더니, 요양보호사는 능숙하게 뒤처리하고 목욕을 준비하였다.

감동이 밀려온다.

격려하고파서 나도 모르게 손이 선생님의 어깨로 향하다 말았다. 이건 조심해야 할 일이다. 현장에선 어르신들과의 신체접촉이 너무 자연스럽고, 함께 오래 일한 같은 연배의 선생님들은 가족 같고 부담이 없기 때문에 더욱 조심해야 한다.

어떤 할머니 어르신이 며칠 전 내게 했던 말이 떠오른다.

"세상 살며 이렇게도 살가운 남자는 처음이네."

격려하고 싶은 마음도, 살가운 감정도 많은 사람이라 더욱 조심해야 한다. 감사와 감동은 마음속에 꼭꼭 눌러 담았다.

불효

딱 한두 달만 노력하면 되는 것이었다. 한두 달 어머니께 최고의 효도를 할 기회가 주어졌으나, 가족들은 그것을 거부했다.

두 달 전 무척 춥던 날이었다. 화장실 입구에서 넘어져 꼼짝 못 하는 어르신이 계셨다. 어르신이 일어나 문을 열어줄 수가 없으니 당연히 우리도 들어갈 수가 없어, 급히 119를 불렀다.

구조 대원들이 도착하고, 닫힌 아파트 문을 열기 위해서 아들에게 전화하니 왜 맨날 자신에게만 연락이냐고 짜증이었다.

개인정보를 확인하고 허락받아 창문을 파손하고서야 들어갈 수 있었다. 어르신을 구조하여 급히 병원으로 옮겼다. 고관절 골절이었다. 수술하고서도 아직 치료가 더 필요했다. 지방에 있는 딸에게로 가셨으나, 딸은 아직 거동이 불편한 어머니를 대책 없이 서울 집으로 다시 옮겨버렸다. "서울에 사는 오빠네가 알아서 하겠지요."라면서, 주민센터에 SOS 서비스 신청을 한 것이다.

움직이지 못하시는 이 어르신을 전에 돌보았고, 또 이번에도 의뢰받은 내 기관이 담당하는 게 옳을 것이다. 다행히 예전에 수고했던 요양보호사 선생님이 선뜻 담당하겠다고 했다. 고마운 일이었다.

오늘이 첫 서비스 날이어서 가봤는데 갖추어 있는 게 없다. 전기선은 문어발처럼 얽혀있어 화재 위험이 있고, 형광등과 TV는 켜지지도 않는다. 한참을 정리하고 나서도 연결이 안 되어 손녀딸께 전화하니, 할머니가 TV는 안 봐도 된다고 하셔서 끊었다고 한다. 그런데 어르신은 아무 생각도 없이 TV를 켜달라 한다. 당장 기저귀가 필요한데 그것마저 없다. 기관에서 비상으로 예비해 두었던 것을 가득 들고 갔다. 천진스럽게 웃으며 행복해하는 어르신을 보며 오전 한나절의 땀방울과 아픈 마음은 가시고 보람이 채워진다.

지혜를 주소서

과거 제왕들은 재판관이었다. 중요한 재판은 직접 듣고 심판을 하였다. 그러나 옳고 그름을 판단하는 일은 얼마나 어려운 일인가.

기관을 운영하는 나는 가끔 재판관의 자리에 서야 할 때가 있다. 어린아이들을 두고 하는 재판이다. 나이가 든다는 것은 어린아이로 돌아가는 일이다. 그럼에도 자존심은 하늘을 찌르는 어르신들에게 옳고 그름을 판별하고 설득해야 하는 과정은 나의 몫이어서 무슨 일이 생기면 기도하며 가야 한다.

두 달 전에 어떤 일로 분노를 쏟아내던 어르신이 있었다. 그로 인해 돌봄 선생님을 교체하였는데 또 같은 분노증을 드러내고 있다. 그러면 상처는 고스란히 수고하는 요양보호사와 담당 사회복지사의 아픔으로 돌아간다. 성실하고 착하신 직원들인데 두 분 다 에너지가 고갈 상태에 이르렀다. "항상 아무 일도 아닌 것으로 압박하니, 제 마음이 무너져 내려 더 이 어르신을 돌보기는 힘들 것 같아요. 그래도 다른 분이 오실 때까지는 어떻게 감당해 보겠습니다."

오직 봉사의 기쁨 하나로 밝게 일해오시던 분이라 마음 아프고, 다시 다른 요양보호사를 보내드릴 수 있을지 걱정이다.

어젯밤 늦게 어르신은 내게 방문을 요청했었다. 요양사의 이야기만 들으면 안 되니 내일 3자 대면이 되도록 담당 팀장님과 함께 방문해달라는 요구였다. 그래서 오늘은 함께 방문하여 어르신의 야단을 한참을 들었다. 논리적이고 합당한 질책이나 비판이 불가능한 어르신들이다. 하지만 직원들은 듣기만 하고, 말하지 않도록 했다. 다른 의견을 한마디 던지면 숨이 곧 넘어갈 듯 화를 쏟아낼 게 분명해서였다.

어르신의 속 이야기를 듣고 몇 가지 원칙으로 대응하면 될 일이다.

이럴 때면 늘 지혜를 구한다.

뚜렷한 방법은 없지만, 대안이 있다면 내가 더 자주 찾아뵙고 하나님의 은혜를 구하는 일이다.

회귀

요양 서비스에 대한 불만은 항상 요양보호사 교체 요구이다.

하지만 기관 입장에서 볼 때 대부분의 문제들은 과도하게 이기적인 욕구 때문이며, 돌봄 선생님들의 문제인 경우는 극히 드물다. 일부 어르신들의 요구는 끝이 없고, 들어드릴 수 없을 때는 결국 타 기관을 권해드리지만, 불과 몇 달이 못 되어 어김없이 돌아온다. '나를 지켜줄 곳은 원장님뿐이니 제발 받아달라'라고 요청한다.

한 달 전 떠나신 어르신이 또 전화한다. 벌써 몇 번째인지 모른다.

우리가 돌보지 않으면 어느 곳에서든지 하게 될 것이다. 그래서 너무 어려운 어르신에게는 최선을 다하면서도, 타 기관을 동시에 찾아보라고 권면하는 편이다.

휴일인데 두 분의 어르신이 계속 전화를 걸어왔다. 한 분은 포기해야 할 분이고 다른 한 분은 대응하고 싶지 않은 분이다. 직원들께 이야기하면, 역시 매정하지 못한 직원들은 감당하겠다고 답할 것을 안다.

업무가 과중하고, 잦은 잔무에, 쉬는 날까지 남모르게 나와서 일하는 직원이 보여서 수당을 챙겨주라고 관리자에게 말했으나, 본인이 거절한다. 그러면 내가 악덕업주가 되는 거라 하는데도 막무가내이다.

서비스업에서 직원만큼 소중한 자원은 없다.

노동의 대가는 돈이어야 하는데 급여로 계산이 안 되면 특별수당이나 인센티브로 보상해야 한다. 더 많은 보상을 위하여 잘 모아두어야겠다.

어두운 분위기를 밝게 하기

인생의 마지막 길을 가는 어르신을 돌아보는 일이란 보람을 일부러 찾지 못한다면 참으로 어두움을 많이 느끼는 자리다. 일반적으로 요양원을 운영하려면 재정 능력이 있어야 한다. 난 능력이 있다 해도 운영에는 관심이 없다. 폐쇄된 환경에 오래 머무를 자신이 없어서이다.

집에 계신 어르신들을 돌보는 일은, 신체적 불편에 거의 갇혀 지내는 분들에게 찾아가는 일인지라 보람이 더 크고, 찾아가면 도움을 드릴 부분이 꼭 보인다. 그래서 내가 하는 재가복지(在家福祉)는 내가 느끼기에 '복지의 꽃'이다.

나와 직원들을 힘들게 하는 것은 어르신보다도 오히려 보호자 되는 가족인 경우가 더 많았다. 독거 어르신들은 대부분 감사를 표현하는데 가족들은 자신들이 하지 못하는 일을 우리가 하고 있음에도 요구가 과도할 때도 있고, 여러 가지로 불편함을 줄 때가 있기 때문이다.

최근에는 재산을 가진 부모에게 의존하는 무능한 자녀들이 꽤 있다. 홀로 남은 부모가 떠나가시면 생존을 위한 혜택이 중지되기에, 부모는 자신의 생명줄이라 반드시 살아계셔야 한다. 부모님이 아프거나 요양원에 가시면 안 되고, 돌아가시면 더더욱 큰일이어서 불안해한다.

고령으로 불편해진 어르신이 잠시 치료할 요양병원을 소개해 달라 하여 연결해 드렸다. 그런데, 집으로 돌아오신 후에 근력 약화로 움직임이 둔해지자 계속 컴플레인을 걸어온다. 요양병원과 소개한 직원을 한 묶음으로 브로커라 몰아붙이며 욕설로 힘들게 하기에 완곡히 사과 요청을 드렸더니 기관까지 걸고넘어지려 한다.

어르신들에게 집중하는 일도 버거운데 주변적인 일로 스트레스를 받을 때면 바로 하는 일이 있다. 맛있는 간식과 회식이다.

스트레스 받았던 직원이 좋아하는 매운 음식으로 오늘도 배불리 먹었다.

잘 먹고 잘사세요

차라리 생각 없는 아이 같다면 품어라도 주지. 영리하며 날카로운 듯한 사무적 말투로 손해는 조금도 용납 않고 이익만 취하려는 사람을 볼 때면 길에 쏟은 오물과 같아서 피하게 된다. 말을 더 섞으면 나도 죽은 자가 될까봐 피하게 된다.

움직이지 못하는 어르신을 돌보던 직원이 TV 모니터를 손상했다. 저렴해 보이는 것이어서 얼마 사용하지 않았던 내 안방의 모니터를 대신 가져다가 설치해 드렸다. 훨씬 품질 좋은 것이었다. 어르신은 7년을 그곳에서 사시다가 요양원으로 떠났는데, 원룸 주인은 똑같은 모니터로 변상해 달라 한다. "더 크고 좋은 것으로 설치해 드렸잖아요."라고 하자, 틈도 주지 않고 "그것이 더 좋다는 증거가 있어요?"라고 맞받는다.

주민센터와 가족에게 문제 제기하겠다고 하기에 그러라 하고 전화를 끊었다. 조금 숨을 돌리고 나니 다시 전화가 온다. 주민센터를 자극하고 보호자를 자극하고서 실수는 너희가 했으니 해결하라는 겁박의 말투에 한마디를 더 듣는 것이 화가 되어서, "직접 해결하고 금액 청구하세요."라 말하고, 전화를 끊었다.

곧바로 수고했던 주민센터 주무관께 전화를 드렸다. 퇴근 시간 직전에 집주인과 통화하고서 무거운 마음이었던 주무관은 기분 나쁜 감정이 일시에 사라졌다며 너무 고맙다 했다.

한 달이 그렇게 지났다. 포기했나 생각했는데 어김 없이 청구서가 왔다. 의외로 가진 자들 중에는, 돈 몇 푼의 여유도 없이 마음이 빈곤한 사람들이 많다는 걸 느낀다. 그들을 향해 나도 생전 안하던 욕 한마디를 속으로 한다.

"잘 먹고 잘사세요."

돌봄의 자리

이틀 동안 어르신 한 분에게 하루의 반을 계속 붙잡혀 있어야 했다. 어린 아이처럼 투정하며 내가 줄 수 있는 모든 에너지를 블랙홀처럼 빨아간다.

죽겠다고 신음하면서 도와달라 하니 집에 혼자 둘 수 없어서 모시고 이곳저곳 이동하며 복잡한 수속을 통해서 겨우 요양병원에 입원시켜 드렸다. 그랬더니, 가져오지 못한 집의 물건들을 챙겨올 수 있도록 도와달라고 전화로 또 부탁하기에 병원에 외출을 요청하여 집에 모셔 오니, 이제는 아프다고 누워서는 꼼짝을 안 하고 자고 간다 한다. 도와주는 사람을 이용하는 것에 익숙한 이런 사람들은 어디에나 있다.

선진국이 되고 복지사회가 되면서 동사무소는 복지센터로 바뀌었다. 독재 시대에 통제를 우선 생각하며 만든 우리나라의 독특한 행정기관인데, 민주화가 되고 여러 사회 변동 속에서 복지 인프라로 바뀌면서 지금은 그 어느 선진국보다 나은 나라가 되었다.

지금 어르신들은 많은 혜택을 누리고 있다. 주민센터의 주무관들은 온 힘을 다해 노력하고 있으며 나 같은 민간 복지기관과 협업하며 복지를 감당하고 있는데 문제는 혜택을 이용하는 이기적인 사람들이다. 요청하면 들어주며 떼쓰면 더 도와주고, 민원을 제기하면 긴장하는 것을 아는 일부 어르신들은 교묘하게 다양한 혜택들을 독점한다.

'우리나라의 복지는 떼쓰는 사람, 잘 아는 사람만 찾아 먹는다'라는 말이 들린다.

씁쓸한 현실이다.

다시 병원에 들어갔다가, 이틀을 못 넘기고 결국은 집으로 퇴원시켜 드렸다. 오늘은 또 떼를 쓸 게 분명하고 그러면 또 어떤 도움을 주어야 할지 모르겠다.

K 선생님께

15년 동안 요양 사업을 해 오면서, 변함없이 어르신을 돌봐온 따뜻한 요양보호사 선생님과 함께한 것은 나의 행운이고 내가 받은 복이다.

그간 함께한 직원들이나 돌봐온 어르신들을 다 기억하지는 못한다. 수백 명이 넘기 때문이다. 그러나 K 선생님만은 내가 깊이 존경하고 사랑하는 사람이다. K 선생님은 남들이 힘들어하는 분들을 오래 돌봐왔고 잘 돌봐 준 덕분에 나도 그 가족들과 좋은 관계를 맺을 수 있었다.

어젯밤에 선생님으로부터 전화가 왔다.

"목사님. 어르신이 이젠 떠나시려나 봐요. 오늘을 넘기기 힘들 것 같습니다."

지난겨울 어르신이 힘들어한다는 소식을 듣고 방문했었던 기억이 떠오른다. 그날 지쳐 주무시는 어르신을 깨워서 대화할 수가 없었다. 아마도 올 봄을 넘기기는 어려워 보인다는 이야기를 드리며 임종을 준비하듯이 함께 깊은 기도를 드렸었다.

전화를 받고서 불과 몇 시간 지나지 않은 저녁에 운명하셨다는 소식을 들었다. 그리고 K 선생님과 함께 오전 일찍 장례식을 찾았고, 방명록에 첫 이름을 적었다.

사진으로 보았던, 사회적으로 명망 있는 자녀들의 면면을 눈앞에서 마주하였다. 모든 유가족은 K 선생님과 나에게 깍듯하였다. 긴 10년을 가족 이상의 가족이 되어서 어르신의 손과 발이 되어 준 것에 대한 깊은 존경의 모습이었다. 천사 같은 신심을 가진 분이라 큰 표창이라도 받아야 할 분인데 이런 분들은 자신을 드러내기도 싫어한다.

지난가을에도 K 선생님은 십 년을 돌봐온 어르신과 이별했다. 오전 오후 각기 한 분씩 돌보던 어르신이 십 년씩이었으니 드문 사례이다. 이럴 때는 며칠이라도 쉬었으면 좋겠는데도, 혹시나 하는 마음에 돌봐드릴 다른 분을 소개하니, 자신은 어르신들을 돌보는 자리가 오히려 편하다고 모든 일을 다 감당하려 한다.

K 선생님.
고맙습니다.
그리고 깊이 존경합니다.

죽음으로 살지 않기

달포 전에 병원에서 뇌 수술을 받은 어르신 한 분을 며칠간 정신없이 지원했었다.

철없는 아이처럼 자기만 생각하고 나를 가만히 두지 않는 분이었다. 그런데 그 어르신이 가족이 보는 중에 집에서 돌아가셨다는 소식을 들었다.

수술이 잘 되었다는 의사의 말을 직접 들었고, 조금 있으면 차츰 고통은 사라질 거라 했는데 며칠을 못 견디고 다시 병원에 입원했던 어르신이었다. 아픔은 엄살이 아니었다. 고통을 견디다 못해 이별한 것으로 보인다.

이파리 하나의 흩어짐처럼 생명 하나가 사라져 간다는 느낌이다.

의미가 없다면 하루의 삶과 1년, 혹은 10년의 삶이 다를 게 없다. 무의미한 인생이 하나도 없겠지만 적어도 내 인생에서는 작은 의미라도 찾아야 하고 그 기록을 써 가야 한다. 그래야 인생이다.

일기는 의미 없는 일상의 기록이 아니며 내게 의미를 부여하는 시간이고 확인하는 시간이다. 대부분 목표를 위해 부지런히 달려가는 삶에서 의미를 찾으려 하는 것 같다. 하지만 부지런한 꾸준함과 가치라는 무게가 함께 따라 주어야 하리라. 그래야 허무를 극복할 수 있을 것이다. 자신과 누군가는 그 가치가 볼 수 있어야 한다.

의미 없는 바쁨은 되지 않게 하자! 하루하루 의미를 확인하는 사람이 되자!

기억 못 할 내가 되지 말자! 남도 나도 기억 못 할 나는 더욱 되지 말자! 그건 살아도 죽음을 사는 것이다.

숨은 얼굴로 살기

한 주 전 한 여자 어르신 집에 갔다가 쫓겨나듯 나왔었다.

처음 만나는 어르신인데 나를 거부하고 계속 밀어내고 있었다. 무언가 도움을 드리러 갔음에도, 나를 향한 불편함이 표정에 가득하고 내게 눈길 하나 주지 않아서 자리를 피할 수밖에 없었다. 집 안은 복잡한 물건들로 가득 차 있었고, 퀴퀴한 냄새가 진동했는데도 아무것도 해드릴 수가 없었다. 일단 사무실로 돌아왔다.

어떤 연유인지 오늘은 어르신과 함께 생활하는 아들로부터 연락이 왔다. 요양 등급 신청을 원하고 있었다. 아무런 연유 없이 나를 거부한 이유가 뭘까를 생각하다가, 남자인 나보다 다른 여직원이 나을 것 같다는 생각이 들어, 인상 좋은 팀장님을 대동하고 갔다.

역시나 오늘은 예전과 전혀 다른 부드러운 모습으로 맞아주고 계셨다. 먼저 말도 걸어왔다. 반가워서 손을 맞잡으려 하니 그것은 거부했다. 남자여서 싫다는 것이었다.

황반변성이 와서 시력은 점점 상실되어 가고 이젠 바깥 출입도 어려우며, 일주일에 세 번 투석을 하는 날이면 많이 힘들어한다. 늦게 얻은 아들에게 의존하고 있으며, 아직 젊은 아들은 어머니를 책임지느라 특별한 직업도 없이 지내는 듯 보였다. 뭔지 모를 사연이 많아 보이는 이 가정은 정신적으로, 그리고 영적으로 돌봄이 필요해 보인다.

어떤 상처를 크게 경험한 정신적 피해자들이나 잘못된 습관의 반복으로 사회생활이 어려운 분들이 많다. 이런 분들을 돕고 회복시키는 유일한 길이 있다면 종교의 힘이다. 눈에 보이는 사람의 손길보다 영혼을 매만져 줄 신神의 손길이 더욱 필요한 것이다.

이럴 때면 성직자 신분이 얼마나 큰 힘이고 감사인지 모른다. 그래도 나는 언제부턴가 목사라는 호칭을 직장 안에서 버렸다. 불쑥 튀어나올 수 있는 호칭이 사람들에게 유익이 되지 않음을 알았기 때문이다.

양복이 아닌 항상 가벼운 차림으로 사람을 대하는데도 자주, '목사님 같으세요.'라는 말을 들을 때가 있다. 그런 사람들은 성직자에 대한 좋은 이미지를 가진 분들이기에 바로 오픈한다. 신자가 아닌 줄 알았는데 신자로 느껴지고, 목사인 줄 몰랐는데 목사인 것을 아는 것만 도움이 되는 세상인 것 같다.

종교의 힘은 보이지 않는 것에 있다고 생각한다. 보여주려고 하는 순간 숨는 세상에 우리는 살고 있다.

비밀과 아픔은 누가 드러내어서가 아닌, 스스로 열어주는 마음이 중요하다. 그리고 그 마음은 열린 마음의 문을 가진 사람을 통해서 열린다. 예수님의 마음을 가졌다는 건 얼마나 큰 선물인가!

그의 마음이 내 마음에 있기에 오늘 만난 이 어르신의 마음을 찾아 들어가고 싶은 간절함이 온다는 것은 큰 복이 아닌가!

별이 되어 떠나시네

언젠가는 이별로 끝나는 요단강 사역.

인생의 강을 건너간 어르신들은 여전히 내 마음에 남아있는 별님들이다.

지금은 이 세상에 계시지 아니한 그 별들을 추억록에 남겨본다.

별빛 사랑

홀로 빛나는 일등별도
어울려 드러내는 자리별도
구름과 시내의 안드로메다와 은하수도
모두가 아름다운 내 사랑입니다

밝은 보름달이 뜬 날엔
배경이 되어주었고
달이 숨은 깜깜한 날은
가장 찬란했던 내 님입니다

새롭게 태어난 아기별도
소멸되어 줄긋고 사라지는 별똥별도
항상 그 자리를 굳게 지키는 스타별도
나는 사랑만 하기로 했습니다
그 별들이 있음으로 인해
내가 있음을 알기 때문입니다

당신은 나의 별입니다
내가 당신의 별이기를 기대할 때에는
언젠가 사라지는 것을 알기에

언제까지나 나의 별로만 간직하렵니다

내 마음에 별이 된

당신이여…

송별 인사

오늘
당신의 소천 소식을 듣습니다
강화도로 멀리 떠나신 후
두 달 전 나눈 통화가 마지막이었네요
아드님과는 한 시간 가까이 전화로 이야기했습니다
무슨 사연이라도 있는 듯한데, 실은
당신을 아직 보내지 못한
아쉬움의 몸짓으로 보였습니다
살아계실 적
나를 목사로 만들어준 당신

당신이 가졌던 아름다웠던 모습은
잊혀질 사진 두 장뿐이고,
활동적인 당신의 몸이 남긴 것은
흙 한 줌뿐이며,
유난히 밝게 빛났던 눈빛도
내 맘에 남겨진 상징의 촛대 하나일 뿐….
그럼에도 영원을 사모하며
영원으로 가는 길의 통행권으로 삼으신 것은
당신의 영성과 인격입니다

죽음을 위한 기도

죽음을 위한 기도는 처음 드려보았다.

사람들은 일반적으로 마지막 한숨 호흡이 가능할 때까지 삶에 대한 희망을 품기에 0.1%의 가능성 앞에서도 기도는 항상 회생에 대한 소망이다.

그런데 오늘 방문한 가정의 어머니는 아들의 죽음에 대한 말을 꺼내놓았다. 젊은 나이에 전신마비가 되고, 기관지 절개 상태로 석션해야 하는 아들을 십 년 가까이 홀로 돌봐온 어머니였다. 얼마나 정성을 다하시는지 병원에서보다 안전하게 건강 상태를 유지해 오고 있었는데, 이제는 포기하는 모습을 보이는 것이다.

700만 원 정도를 준비하면 편안한 죽음의 굿을 드릴 수 있다는 어느 스님 이야기를 꺼내었다. 고민과 아픔 앞에서는 기본 신앙도 흔들리고 있음을 느꼈다. 가톨릭 신자이고 가족은 기독교인이 많은데, 그래서는 안 된다고, 이제부턴 나도 기도하겠다고 이야기했다. 굿을 할 생각을 하지 말고 주변에 기도의 도움을 구하라고 권하며 함께 손잡아 이별을 위한 눈물의 기도를 드리었다.

준수하고 건장했던 아들은 20대의 젊은 나이에 결혼하였고, 손주까지 안겨주었다. 그러나 얼마 안 되어서 아들은 뇌출혈로 대화 한 마디 나눌 수 없는 전신마비 환자가 되어버렸다. 어머니는 지금까지 손주를 아들처럼 키워오면서 아들의 병간호에 매달려 온 것이다.

아들의 가정은 깨진 듯하였고 어머니 홀로 남은 가족 모두의 외면에 맞서왔으나, 이제 어머니도 자식의 손을 놓으려 하고 있다. 무속의 힘까지 구하려 하는 이 슬픈 가정을 위해서 권면하며 기도할 것이 많지 않다는 사실이 서글프다. 이런 가정들이 주변에 너무도 많다는 사실을 나는 피부로 느끼니 삶 하나 앞에서도 겸손할 수밖에 없다. 그나마 기도해 줄 힘과 기회를 가졌다는 것에 감사한다.

초라한 죽음

죽음을 보는 일에는 좀처럼 익숙해지지 않는다. 자주 있는 일이어도 마찬가지다.

마지막 길을 가시는 어르신을 또 보았다. 사망 소식을 듣고 병원에 달려가 마지막 얼굴을 대하는데 만감이 교차한다.

이 어르신은 까다롭기도 하고, 요양보호사들을 아주 힘들게 한 분이었다. 이틀 전 이분의 성추행 습관 때문에 견디지 못한 요양보호사가 그만두게 되었을 때, 직접적 자극은 주지 않고 다른 사유를 말하였지만, 본인은 괴로워하는 듯했다. 그날 어르신은 서비스가 끝날 때까지 말 한마디도 없었다고 했다.

돌보는 요양보호사 한 사람 교체되는 것도 심신이 약한 어르신들에게는 충격이 될 수 있다. 지난봄에는 심장 기능의 약화로 병원에 입원했던 터라 더욱 조심스러웠던 분이었다. 당뇨가 심한 분이라 예비 증상이 잘 발견되지 않을 수 있다고 마지막 검안 의사는 말하였다.

어르신은 내게 가족 누구 한 사람의 연락처도 알려주시지 않았고, 죽더라도 가족에게 연락지 말라고 했었다. 경찰은 정보망을 통해 통보하였지만, 가족은 마지막까지 내게 연락을 해 오지 않았다. 아름답지 못한 사람의 쓸쓸한 죽음은 가족마저도 알고 싶어 하지 않고, 심지어 숨기고 싶어 하는 모진 세상이다.

위로

서로 사랑하여 진실로 한 몸으로 사셨던 분들이 이별하였다.

그렇게도 서로 아끼며 살았던 38년의 결혼생활이었지만, 운동하러 나갔다가 심장마비로 남편이 떠나고, 아내 홀로 남겨지고 말았다. 내게는 어린 시절 추억 많은 한 울타리 집의 누님이셨는지라 위로 심방하는 기분으로 찾아갔다.

내가 아는 분들은 이상하게 좋은 분들이 일찍 떠나가신다. 존재 자체로 빛이신 분들이 어두운 세상을 그대로 두고 떠나가신다. 남겨진 자들에게 허무를 남겨놓고 혼자의 길을 가시고 있다.

성경을 들고 가지 않았는데도 자연스레 남겨진 가족을 앞에 두고 위로예배를 드리게 되었다. 허무를 보지 못하면 하나님이 보이지 않음을, 일찍 떠남이 남겨줄 다른 선물도 보아야 함을, 그리고 갈등의 오랜 세월보다 값졌던 화목의 삶을 추억하기를….

떠난 분이 그리워 남겨진 분이 안쓰러워 함께 울음으로 위로한 시간이었다.

떠나시는 분

또 한 분의 어르신이 돌아가셨다.

교사인 아들과 단둘이 사셨던 어르신은 평생 시골에서 일만 해오신 탓에 굽은 허리에다 하반신까지 불편한 몸으로 마지막 몇 년은 거실 한편에서 누워지내시었다.

그 자리에 곱게 모셔진 영정사진을 보니 찾아갈 때마다 정든 시골 사투리로 늘 묻던 말이 떠오른다.

"뭐 하러 또 온다요, 근디 나는 언제 죽을께라. 빨리 죽어야 하는디, 그것이 맘대로 안된다 말이요."

혼기를 놓친 듯 혼자 사는 아들 곁에 함께 사는 것이 늘 부담이고, 그것이 당신 탓이라 생각하는 그 어르신은 하루하루 더 사는 것이 부담이 되어 있는 착한 분이셨다.

교회를 다니다가 성당으로 옮겨버린 아들 따라 다시 영세를 받았다는데, 몸이 불편해진 이후에는 한 번도 가본 적이 없었다지만, 그래도 찬송가를 불러드리면 좋아하셔서 함께 부르고 손잡아 기도하곤 했었다.

사진의 모습을 보며 아들과 이야기를 나누는데 내 앞에서 아들은 어린아이처럼 훌쩍이고 있었다.

위로할 방법이 들어드리는 일이었는지라, 바쁜 중에도 오랜 시간을 머무르며 함께했다. 어머니와 계속 함께 산 아들은 어머니와 나누지 못한 속 이야기를 오히려 내게서 들으려고 했다.

그렇게 위로하며 기도하고 돌아왔는데 다음날 또 사무실로 전화가 왔다.

받으니 또 울음 섞인 음성이다. 지난밤 어머니가 주무셨던 거실의 그 자리에서 아들은 잠을 잔 것 같았다.

"딱딱하고 추운 곳에서 얇은 이불 하나 덮고 자다가 떠나셨다 생각하니 가슴이…."

그러면서 또 울었다. 아들은 효자였다. 딸들도 효녀였다. 어머니도 착하셨고 자녀들도 다 착했다. 여유 있게 사는 것은 아니었지만 목사인 내가 부끄러울 만큼 정직하고 바른 사람들이었다.

매년 많게는 다섯 분 정도 떠나시는 어르신들을 보며 많은 것을 배우고 깨닫는다. 그러면서 느끼는 것이 하나 있다.

좋은 분들은 떠나시는 것이 아름답고, 보내는 사람들은 아쉬워한다는 점이다. 어르신은 하루라도 빨리 떠나 부담을 덜어주려 하고, 가족은 하루라도 더 살아주시라고 소원하고 있다.

그런데 모진 분들은 그 반대이다. 죽는 순간까지 독기를 뿜어내는 분도 있고, 언제 돌아가시나 기다리는 가족도 있다.

마지막 인생 길

인생의 마지막 고비 하나를 남겨놓고 진통제로 고통을 참아내며 침대에 누워계신 한 어르신을 방문했다. 실제로는 약한 그의 아내 때문에 상담차 갔지만, 내 눈에는 더 심각한 남자 어르신의 모습이 눈에 들어와서 마지막일 것 같은 영적 대화를 시작했다.

그의 정신은 맑은데, 폐결핵 말기여서 불과 두 달 사이에 뼈만 앙상한 노인으로 변해 있었다. 대화가 불가능한 아내는 거실에 누워 무어라 계속 중얼거리고 있고, 쓰레기장처럼 관리되지 않은 집안에서 건장한 막내아들은 아무렇지 않는 듯 쾌활하게 이야기하며 컴퓨터에 앉아 게임을 즐기고 있었다. 육체만 정상일뿐 정신 상태는 문제가 있어 보였다.

"아버지는 곧 돌아가셔요. 장례 준비도 해야 해서 대출도 신청해 놓았습니다. 여기 유언장도 있는데 형님들도 있지만 집은 저에게 주시는 것으로 되어 있습니다."

도저히 쾌활할 수 없는 분위기 속에서 밝은 목소리를 내고 있는 일류 대학교 출신의 이 아들은 분명히 이상했다.아들이 여럿이면서도 유독 어르신은 막내에 대한 애정이 많아 보였고, 죽어가는 이 순간에도 막내는 가장 안쓰러운 자식이 되어 있었다.

마지막 기도라도 하고 싶어 침대 옆에 앉아 영원을 이야기하는데 전처럼 거부하지 않고 아멘으로 화답하며 눈물만 흘리고 있었다. 몇 달 전까지만 해도 모든 살림을 도맡아 하며, 가족의 밥 한 끼까지 홀로 감당하던 이 어르신이 힘들게 쉬는 숨소리가 너무 가여웠다.

슬픈 이별

오전에 뵙고 왔던 어르신인데 몇 시간 후 통화하고 느낌이 이상하여 집에 들렀다. TV 소리만 크게 들리고 불러도 인기척이 없다. 들어가 보니 침대에 엎드려 있고 몸은 따뜻한데 숨을 쉬지 않는다. 급히 119에 신고하고서 심폐 소생을 시도하였다. 구조 대원들이 도착하여, 인계하고 함께 병원에 가보았으나, 가망은 없어 보였다.

안타깝다. 그때 내가 조금 더 가까운 곳에 있었다면, 단 몇 분이라도 빨리 발견하였더라면….

삶의 애착이 무척 강하셨고 그럴 때마다 숨넘어가듯 나를 불러대던 어르신이었는지라 남모를 책임감이 다가온다.

나중에 휴대폰을 보니 나와의 통화가 마지막이었다. 그는 그렇게 세상과 이별을 하였다. 유일한 혈육인 아들에게 전화하여 사망 소식을 알리고 밤늦은 시간까지 응급실 한쪽에서 지키고 있는데, 잔뜩 술에 취하여 온 아들은 돌아가신 아버지의 얼굴도 보려 하지 않았다. 눈물 한 방울도 비치지를 않았다.

그 어르신이 그래도 떼쓰듯 불러낼 수 있는 사람이 나였다는 생각에 서글픔이 더 커진다. 이 어르신은 내게 눈물을 자주 보였던 정 많던 분이었다.

이 어르신께 갖다 드리려고 사무실에 챙겨둔 참치 선물 세트가 갑자기 생각난다. 오늘 가져다드렸다면 마지막 기쁨의 선물이라도 되었을 텐데….

내일은 장례식장에 가야 하는데 그래도 나는 눈물을 흘려주어야 하는 사람이 아닐까? 눈물 한 방울 흘려줄 사람이 없는 죽음은 가장 비통한 죽음이겠지….

106세 어르신과 함께

한쪽 눈은 실명하셨고 가늘게 뜬 남은 한 눈을 실눈처럼 하시고 소파에 앉아계신 106세의 어르신을 찾아뵈었다. 특별히 아픈 데는 없고 손과 발을 힘들게 움직이시는데, 내내 말씀을 하지 않으시는 것이 듣지 못하시는 것 같아 보였다. 하지만 손잡고 기도해 드리니 그때에 내 귀에 속삭이신다.

"목사님 감사합니다."

희미하게나마 듣고 계시었던 것이다.

감격스러워 꼭 안으니 어르신도 힘껏 나를 안으시는데 눈에 눈물이 고이고 있다.

영적으로 많이 외로운 분이셨다. 집을 나오려는데 불안한 몸을 움직이려 하신다. 눈빛이 끝까지 나를 붙잡고 있다.

약하고 아픈 자, 눈먼 자와 앉은뱅이를 찾아 위로하시면서 치료자가 되어주신 예수님의 뜨거운 사랑이 보인다.

치료의 능력은 없지만 손잡아 기도해 드릴 수 있는 손과 가슴을 주신 하나님께 감사하고 예수님의 그 마음을 느낄 기회를 주심이 감사한 시간이었다.

그리고 며칠 후….

사망 소식을 들었다. 치매로 인한 실족사였다.

마지막 눈빛이 사라지지 않는다.

애틋한 죽음

떠나가는 어르신들을 늘 보고 있지만 특별히 마음이 가는 애틋한 분들이 있다.

어제 아침 떠나신 이 어르신은 내 손이 많이 미쳤던 각별한 분이다. 요양보호사들의 보살핌만으로는 부족하였고, 특히 기관장인 나의 돌봄을 좋아하셔서 면도와 목욕을 손수 해드렸던 치매 어르신이었다.

아흔 고개를 넘지 못하고 떠나가셨지만, 인지능력이 남아있을 때 찾아가늘 천국 길을 안내하며 손잡아 기도해 드렸고, 그럴 때마다 내 마음은 보람과 기쁨이 가득했었다.

부부가 함께 치매였다. 할머니는 장례식장 뒷방에 앉아 계속 눈물만 흘리고 계시었다. 잘 떠나셨음에도 가족들의 돌봄이 너무도 극진하였던지라 잘 떠나신 거라고 위로할 수도 없었다. 천국 소망을 가진 자들의 이별 모습이 오히려 가볍다는 것을 이 가정을 보면서 느끼고 있다.

요양원 보내드리는 날

○○○ 독거어르신….

기다리던 요양 시설 등급이 나왔다.

그리고 시설 입소 일이 정해졌다. 준비를 해야 해서 오늘은 어르신을 모시고 담당 요양보호사와 함께 오후 내내 두 군데의 병원과 주민센터와 보건소에 들렀다. 처방전을 떼고 등본도 떼고 PCR 검사와 감염병 검사를 진행하였다. 이발과 면도와 목욕도 해드렸다. 내일은 떠나는 날이며 마지막 모습을 볼 것이다.

"어르신. 이제 천국에서 만나야 하니까 마지막 이별을 잘 하셔야죠."

천국 이야기에 할렐루야로 답하며 얼굴이 달덩이처럼 환해졌다. 인지능력이 두세 살 밖에 안되는 상태인데도 작별은 감지하는지 아쉬워하고 반복적으로 감사 표현을 한다.

가끔씩 미용과 목욕을 해드렸고 요양보호사를 도와서 문제들을 해결했을 뿐인데 그러면서 많은 정이 들어버렸나 보다.

기관의 수익으로 보면 헛일이긴 하다. 등급이 나오기 전 물품 후원과 봉사를 해왔고, 등급이 나오고 나서는 지체하는 것이 불안하여 곧바로 시설 등급을 신청하여 등급이 나오기 전까지 겨우 두 달 서비스하였기 때문이다. 하지만 어르신에게 반드시 필요한 요양 등급이었는지라, 이제는 요양원으로 보내드리는 상황인데도 내 마음엔 오히려 큰 기쁨이 자리한다.

인생은 만남과 헤어짐의 반복인데 헤어짐의 아쉬움이 많은 만큼 다음 만남이 더 행복하지 않을까 하는 생각을 해본다. 시원함이 아닌 아쉬움으로 마감하는 것이 나의 인생철학이라서 어쩌면 내일은 눈물이 날지 모르겠다.

권사님께

권사님.

오늘에야 당신이 세상을 떠나셨다는 소식을 접합니다.

마지막 날 새벽 3시 30분, 당신은 내게 두 번이나 전화하셨습니다. 119 구조대를 통해서 연락받고, 응급실 침상 옆에서 보낸 그날의 열 시간이 마지막일 줄은 몰랐습니다.

간신히 병실을 확보하고도 코로나 기간에 바뀐 정책 때문에 간병인을 구하지 못해서 쩔쩔매었고, 환자에게 죽 한 그릇 주지 못하게 하는 병원 방침 때문에 응급실에서 하루를 더 지체할 수가 없어 요양병원에서 며칠만 회복의 시간을 갖자고 하였지요.

요양병원에 가신 후, 이상하게 당신은 정신과 육체가 쇠약해지며 치료를 거부하셨습니다. 만나서 이야기할 수도 없었고, 산소 포화도가 떨어진 몸을 퇴원시켜 다시 집으로 데려올 수도 없었지요.

일반 병실에서 집중치료실로, 그리고 친족에게 당신을 인계하고 어딘지 모를 병원까지 옮겨진 후 불과 일주일 만에 사망 소식을 확인합니다. 그 과정이 어떠했을지는 충분히 짐작됩니다.

얼마 후 요양보호사 휴대전화에 찍힌 부고 문자 때문에 제가 조카에게 확인했을 때, 한참을 머뭇거리더니 이렇게 대답하였습니다.

"이모는 돌아가셨습니다. 어제 발인을 하였고. 바빠서 후에 다시 전화하겠습니다."

삼십 초의 짧은 대화가 이별 확인의 전부인 것이 서글픕니다.

당신이 어떻게 떠나셨는지, 왜 나에게 소식을 주어 문상이라도 하며 영정사진 보며 마지막 인사 나눌 기회마저 주지 않았는지, 그것을 확인할 수도 없을 것 같습니다.

그날 퇴원을 시켜 내 집으로 모셨더라면⋯. 간병인을 구하지 못했던 기간에 차라리 내가 간병인이 되어 드렸더라면⋯. 바쁜 사업의 일 때문에 하루를 더 당신 곁에 머물지 못한 것이 후회되는 시간입니다.

차라리 소유 하나 없는 당신이었다면 마지막까지 내가 가족이 되어서 편안한 이별을 해드릴 수 있었을 텐데⋯. 사이도 좋아 보이지 않는 몇 명의 친족들은 불편한 유산 싸움을 할 것으로 보입니다. 당신은 그것을 감지했고 철저히 가족의 개입을 차단했지만 결국 처분을 하지 못하고 떠나신 당신이십니다.

그러나 이제는 그 재산이 아까울 것도 없습니다. 떠나신 당신은 하나님의 나라에 가신 영화로운 사후생의 자리에 계시며 남겨진 우리들의 부질없는 삶을 보실 것입니다.

당신이 그렇게도 좋아했고, 평생을 함께했던 동지들과는 오늘 통화해 보렵니다.

하나님 나라에서 평안히 거하실 당신.

오늘은 빈 마음이 크게 남아서 이렇게 편지로 문상을 대신합니다.

익숙한 이별

또 한 분의 어르신이 돌아가셨다.

혼자 집에 두기가 불안하여 월말에 요양원으로 옮겨가시기로 예정된 분이셨는데, 아침에 보니 편안히 침상에서 떠나신 것이다. 호흡이 끊긴 지 얼마 되지 않은 듯 체온이 남아있었다.

사무실 옆에 사시는 분이었기에 마지막 얼굴이라도 보고 싶어 가보았다. 변사이기에 몇 시간의 복잡한 조사 과정이 따르고 경찰과 과학 수사대가 들락거리고 있다.

홀로 있다 사망하는 일이 많아졌다. 거의 모든 어르신이 독거 생활이다 보니, 병원에서 연명하다 떠나시는 경우가 아니라면 마지막 순간에 좀처럼 가족들이 함께하지 못한다. 하지만, 떠나는 본인은 외롭겠지만 이런 고통 없는 편안한 죽음이 좋아 보이기도 한다.

떠나가시는 어르신을 볼 때마다 내 마음에서 욕심은 사라진다. 할 수 있다고 다 하고 갖고 싶다고 다 갖는 건 부질없는 일이다. 재물의 의미는 양보다 잘 쓰는 것에 있으니 어떻게 하면 적절히 분배하여 자신과 남에게 유익을 줄 수 있는가를 생각해야 한다.

미래를 생각 않고 쓰는 것은 낭비이지만 최소한의 노후 준비가 되었다면 남겨놓기보다 잘 쓰는 것이 옳다고 생각한다. 분에 넘치는 재물이 있다면 꼭 정신이 온전할 때에 지혜로운 기부를 생각하고 공증문서로 남겨놓아야 한다. 거의 모든 자식들은 유산 때문에 홍역을 앓으며 불편한 관계가 되는 것을 보았다.

이 어르신이 남겨놓은 건 거의 없다. 휠체어나 몇 가지 쓰시던 용구들을 다른 필요한 분들이 쓸 수 있도록 수거할 일이 남았다.

떠나가는 사람들

한 달 사이 네 분의 어르신이 유명을 달리했다. 아흔 안팎의 초고령에 속한 어르신들이라 언제 떠나셔도 할 말이 없지만 밀려오는 허망함은 막을 길이 없다. 그중에 세 분은 의식이 남을 때 마지막을 함께했던 분들인지라 아직도 실감이 나지 않는다. 여름철 폐렴은 무섭다. 두 분은 그렇게 떠나셨다.

사흘 전 거친 숨소리를 확인했을 때, 어르신은 그제야 병원에 가겠다고 했다. 그것도 큰 병원이 아닌 근처 내과를 고집했다. 예상대로 폐렴 소견을 받아서 큰 병원 응급실로 직접 옮겨드렸는데, 식도가 거의 망가진 것이 확인되었다. 가족은 수술을 진행할 수 없으니 그냥 집으로 모셔오고 싶다면서 어떻게 하면 좋겠느냐고 했다.

간병할 사람도 없이 집으로 모시는 것은 안된다고 했고, 요양병원에 상담할 것을 권했고, 마지막을 준비할 수 있어야 한다고 했는데, 이송 후 불과 사흘 만에 부고 문자가 온 것이다.

엊그제 얼굴로 대하며 이야기 나눈 분들이 이렇게 지금 세상에 없다는 사실을 생각하면 참으로 우울하고 허망하다.

연초에 죽음을 묵상하고 싶어서 죽음과 관련한 여러 종의 책을 샀고 틈틈이 읽어 왔다. 그래서 하나님은 내게 이렇듯 한 해 동안 수많은 여러 죽음을 대하도록 하시는 것일까?

삶과 죽음의 자리가 이렇게 가깝다는 것을 예전에는 몰랐다. 그런데 멀지 않다. 살아있는 동안은 죽음이 가깝지 않다는 것을 알기에 모든 어르신이 누구의 이야기도 들으려 하지 않았다. 이 어르신들도 자신의 고집을 앞세우다 치료의 기회를 놓친 것이 일찍 떠나신 원인이었다.

떠날 준비가 되어야 한다. 마음뿐 아니라 실제로 메모와 유서 등을 남겨놓을 필요가 있다. 나도 아직 60대이지만 메모장에 기록을 적어두고 있고 가끔 업데이트한다. 내 건강은 내가 지켜야 하지만 가족이 있다면 그리고 전문가를 알고 있다면 내 생각과 고집은 내려놓을 줄 알아야 한다.

삶과 죽음이 가깝다는 것을 아는 자만 영원을 준비할 수 있을 것이다. 백세시대라 말하지만 그것은 특별한 사람들의 것이다. 또한 오래 사는 사람이 반드시 훌륭한 사람은 아니었다. 생명은 오래 연장하는 것보다 의미를 많이 쌓는 것이어야 하리라.

한 어르신이 지난밤에도 계속 전화를 하였다. 병원을 탈출하려는 마음일 것이다. 그러나 나는 안다. 병원을 나오는 순간 죽음의 강이 앞에 있다는 것을….

죽음에 대하여

삶의 수다로 가득한 세상에서

죽음의 목소리를 듣는다

삶은 죽음이고, 죽음은 삶이라 한다

십자가가 죽음이지만

가장 분명한 삶의 통로였듯이

죽음을 보는 자는 정확히 삶을 본다

삶 너머에 죽음은 있는 것이고

죽음 너머에는 삶의 있다는 것을 본다면

삶이 무의미하지 않고

죽음이 두려운 장벽일 수 없으리라

저마다 삶의 꽃을 피우려 몸부림이다

피워야겠지

열매도 남겨야겠지

그러나

죽음도 꽃을 피워야 한다

죽음이 꽃을 피우는 곳에는

거듭남이 있고

천국도 있음을…

그것만이 가장 값진 열매임을

보아야 한다

이별로 가득했던 한 해

많은 어르신들을 떠나보낸 한 해였다.

지난여름, 몸 하나도 움직이기 버거워 이발과 면도를 해드렸던 한 어르신은 옆에서 기척도 못 느끼게 숨을 거두시었다. 만나기만 하면 하늘로 데려가 주시도록 기도해 달라던 권사님은 그렇게 기도해 드렸더니 지난여름 막바지에 정말 떠나가시었다. 끼니마다 한주먹씩의 약으로 지탱하면서도 삶의 애착을 가지시던 사진작가 어르신은 지난가을 낙상으로 병원에 가시더니 다시 돌아오지 못하시었다. 한 어르신은 정신이 왔다 갔다 하기에 마지막인 듯하여 가족을 급히 불렀더니, 딸의 품에서 숨을 거두시었다.

오늘은, 오래 섬겼던 권사님이 스스로 요양원으로 가기를 결정하여 떠나신다기에 텅 빈 집을 찾아 천국에서 뵙자며 마지막 인사를 드리고 왔다.

이쪽 요단 강가에서 이렇듯 난 슬프게 천국을 바라보고 있다.

초로初老의 길

노년의 길에 섰다..

초로의 길에 서서

어떻게 하여야 더 아름다운 세 번째 인생 텀일까를 생각한다.

노년의 길

노화를 받아들여야할 때가 되었다
뼈가 약해지고 있음을 느낀다
뜨거운 태양이 힘 잃고 서쪽으로 향하듯이
피부의 주름과 여러 증상이
한참 기울었음을 깨닫게 한다
살아오면서 보니
정점에 선 자들의 겸손을 보는 것은 쉽지 않았다
모든 시선이 자신에게 향한다고 느낄 때에는
타인을 제대로 보지 못하였다
살아온 환경을 탓하며
만들어진 물건처럼 되어버린 사람들도
세상을 바로 보지 못하였다
지나고 나서 깨닫는다면 그나마 다행인데 그런 인생도 별로 없었다
마지막까지 모두가 추한 경쟁을 하고 있다
그래서 세상이란 순환되는 것이다
그래도 남겨둘 사람 있다면
그들에게 희망을 이야기해야 한다
그들이 가야할 길에
작은 등불 하나 비춰주면 된다
할 수 있다면 사라지면서

희생의 핏물 몇 방울이라도
거름으로 남겨주면 된다

노인 준비

자주 만나고 보지 않으면 이름이 기억되지 않고, 한두 번 보는 것으로는 돌보는 어르신들의 집과 얼굴을 잊게 된다. 십 년 전과 다른 내 모습이다.

젊은 줄 알고 움직이다가 실수하는 일들이 부쩍 많아졌다. 하지 않던 운동을 과하게 하려다 팔과 다리에 무리가 왔다. 쉽게 나을 줄 알고 움직이다가 고질병이 될 지경이다.

뇌는 이미 가진 것에 만족하라고 한다. 몸은 무리한 움직임을 통제하고 머리 또한 그러하다.

나이가 들면서 특히 몸이 요구하는 것들이 있다. 젊을 때처럼 실수와 욕망의 발걸음을 멈추라 한다. 생각을 맑게 유지하며, 뛰기보다는 걷고, 기억력을 믿지 말라 한다. 덕분에 속도에 브레이크를 걸고 일을 줄이며 꼼꼼히 일정을 기록하는 습관을 갖게 되었다.

나이 든 자의 노력이란 감각을 유지하는 것이라는 생각을 한다. 젊어질 수는 없지만 젊은 사고와 공감을 위해 그들만의 언어와 문화를 담고 있는 드라마를 일부러 볼 생각이다. 세상 돌아가는 중심의 경제를 공부하고 이해하며 적절히 참여하려고 한다.

지금의 세상은 노인이 줄 지혜가 없다. 사람이 신이 되어가는 세상이다. 그래서 젊은이들은 하나님과 교회를 떠난다고 생각한다.

내가 하나님께 붙잡혀야 해서 묵상과 기도의 자리를 더 찾고, 젊은이가 들을 수 있는 메시지를 준비하려 한다.

써든 에이지

지팡이를 짚고 걷는 노인의 모습이 처량해 보이지 아니하고 한편 아름다워 보이기도 하는 것은, 느린 행보 때문이다.

60 이후의 삶은 일이 주가 되어서는 안 되는 시기라 생각한다. 멋모르고 살아온 30까지의 삶과, 자신과 가족밖에 모르고 앞만 보고 살았던 또 30년의 삶이 있었다면, 남은 세 번째 30년은 달라야 하지 않을까?

자신을 제대로 보고, 남도 보고, 주변도 보고, 먼 미래 영원의 세계도 한번쯤은 보아야 하지 않을까? 그래서 이때에는 손에 지팡이 하나가 들려지는 것이다. 몸의 장기가 하나씩 무너지고 건물이 부식되듯 뼈와 피부의 조각들이 닳고 떨어져 나가면서 이젠 조심조심 걸어가야 해서 더듬이로 주어지는 것이다. 자식을 의지하는 시대도 아니니 아내나 남편을 마지막 의지할 친구로 삼고서 하루라도 동행의 날을 늘려가야 한다.

요즘은 걸을 때 부쩍 내가 먼저 아내의 손을 잡으려 한다. 그동안 늘 내 손을 잡아준 아내였는데 뿌리치지 아니해서 고맙다. 조금 더 있으면 연애 시절처럼 아마도 얼굴을 더 바라볼 듯싶다. 주름의 개수도 헤아리고, 눈빛의 흐림도 살펴보게 될 것 같다. 어떤 치매 어르신처럼 짝도 잊어버릴까 염려하는 것은 아니다. 사랑 하나만 동아줄처럼 붙잡고 묶고 싶어서이다. 잘 살았다는 인생 고백 하나, 마지막으로 남기고 싶어서이다.

60 고개에서

환갑이 넘은 상당수의 친구가 은퇴자가 되었다. 어찌 보면 여성들에게 60대는 일자리에 큰 불안이 없고 오히려 보람으로 일할 수 있는 돌봄 종사의 일들이 넘쳐나는데, 남자들에게 60은 멈춤의 시간이며 동력이 상실되는 불안의 시작점이다.

60대는 무엇이어야 할까?

노년은 아직 아니고 왕성한 중년도 아닌데, 그래도 열심히 달려온 한 기간의 인생을 산 사람으로서 그 인생의 의미를 이야기할 시기가 아닐까 생각한다. 평균으로 잡아 앞으로 살 30년이 남아있어서 노후를 준비하지 못하였다면 불안하지만, 그렇다고 어느 누구도 그가 지나온 인생을 쉽게 폄하하지는 못한다. 장년과 중년의 삶을 뒤로하고 이제는 의미와 쉼을 생각하며 준비해야 하는 시기가 이때라 생각한다.

환갑을 넘기면서 나는 부쩍 과거 이야기를 많이 하고 있다. 자랑이 아니며 부끄러움도 아니다. 인생 정리의 시간이고, 앞으로 남겨진 삶의 발걸음을 조정하는 시간이다.

나이 70대가 되어 노인으로 확정된 사람들은 젊은이의 관점에서 보아 미래가 없는 사람들이다. 존경심을 보여줄 수 없다면 권위도 없다. 돈과 권력을 가진 극히 일부의 사람이 대접을 받는 것처럼 보이지만 그들 역시 초라하기는 마찬가지이다.

스승이 사라진 시대라 한다. 왜일까?

들리지 않는 목소리만 있고 고개 숙이고 싶은 정신적 권위는 느껴지지 않기 때문이다. 과거엔 차별된 지식이라도 있어서 권위에 굴복시킬 수 있었다. 그러나 달라진 이 시대에 노인들이 남다른 지식으로서 스승의 자리를 점할 수 없다. 경험마저도 더 이상 노인들이 독점할 수 없다. 젊은이들이 과거의 경험에 귀 기울이고 싶어 하지 않는 것이다.

환경은 '멈춤'을 요구하는데, 그 '멈춤'을 불안해한다면 스스로 비천에 빠질 뿐이다. 행복한 사람들은 물질이 넉넉한 사람들이 아니었고 질주하는 운동선수처럼 앞만 보고 달려 간 사람들도 아니었다. 멈춤을 일찍 깨닫고 여유를 즐길 줄 아는 사람들이며, 자신만 생각하지 않고 다른 사람들을 돌아볼 줄 아는 사람들이다.

60대가 되고 70대가 되어서도 젊은이처럼 달음질하는 사람들이 내 눈에는 지혜로워 보이지 않는다. 건강을 위한 운동이라면 좋아 보이지만 돈벌이를 위한 달음질은 어리석어 보이기도 한다. 멈추어도 되고 쉬어도 되는 시기이다.

아니, 그래야만 하는 나이 60대는 의미를 되새김질해야 할 때가 아닐까?

60대가 되었어도 일이 있는 나를 친구들은 부러워한다. 그러나 나는 과거에도 그들처럼 달려보지 않았다. 모든 것이 은혜이기도 하지만 지금도 열린 가능성과 기회 앞에서 모든 것을 가지려 하지도 않는다.

나는 60대를 내 인생에서 가장 행복한 십 년으로 장식하고 싶다. 목표를 두지 않고 의미만 생각하며 자족하고 싶은 것이다.

황혼은 새벽을 닮아야 한다

나이 든 사람들의 무력감에는 꿈이 사라진 자리가 있다는 것을 알았다. 사람은 누구나 살아있는 동안 꿈을 갖고 있어야 한다는 것을 알았다.

마지막 숨을 쉬는 날도 꿈은 가지고 있는 사람이어야 한다. 꿈을 가진 사람은 마음을 붙잡는 힘 때문에 육체가 소진되어 가도 생명을 최대한 끝까지 붙잡는다.

사람은 영혼으로 산다. 움직이고 활동하는 육체는 껍데기일 뿐이며, 마음이 죽으면 그때부터 육체는 서서히 멈추기 시작한다. 그때 갑자기 세상을 떠나는 사람이 많다. 주로 은퇴가 변곡점이고 갑작스럽고 부정적인 환경 변화도 그러하다.

치매 어르신들은 어떤 의미로 마음을 잃어버린 사람들이다. 그들은 모든 정신적 고통을 순간만 느끼고 지워버린다. 그래서 육체는 생각보다 오래 건강하게 유지된다는 느낌이다.

마음이 병든 사람들은 정말 불안하다. 차라리 치매라도 앓는다면 기억 창고가 소멸되어 마음이라도 지켜질 수 있는데, 한참 활동해야 할 젊은 날 갖게 되는 마음의 병은 육체를 갉아먹으면서 자기 홀로 낭떠러지를 향해 다가가기 때문이다.

젊은이는 새벽을 사는 사람이다. 어린 철부지는 세상을 모르기 때문에 해 뜨기 전과 다름이 없지만, 청소년기를 지나고 세상의 빛이 보이기 시작하며 이제 자신이 펼쳐갈 미래의 꿈이 가득하니 마음껏 상상의 날개를 편다.

아무리 일해도 지치지 않고 넘어져도 다시 일어설 힘이 있는 날들이다. 청장년기의 이 시기는 패배가 용납되지 않는 시간인 것이다.

반면 위기의 중년기가 지나고 나이가 들면 어두움이 보이기 시작한다. 노을이 지는 시간이어서 멍하게 지는 해를 바라보며 추억을 소환하는 일이 많아진다.

어느 작가의 이 문장이 떠오른다.

"황혼은 새벽을 닮아야 한다."

젊은이들은 새벽을 깨우고 새벽을 사는 사람인데도 거의 모두가 육체적으로 새벽을 보지 못하고 깊은 잠에 빠져 있는데, 나이 60이 넘어갈 즈음이면 대부분은 새벽에 눈이 열리고 가장 맑은 정신의 시간이 된다.

철학자와 시인이기에 찾을 수 있는 묵상의 고백들에 눈이 번쩍 뜨인다. 하나님은 노인들에게 새벽을 던져주고 그 시기를 새벽을 닮아가며 살라고 하셨구나! 맑은 정신으로 끝까지 마음을 지키며 지혜를 전하면서 살라는 뜻으로 해석하고 싶다.

언제부터인가 아침이면 책상에 앉자마자 하는 일이 있다. 아무 생각 없이 펜을 들고 가장 먼저 떠오르는 생각을 주제 삼아서 시와 수필이든 일기이든 글을 쓴다. 내게는 그 시간 자체가 새벽이며 하루의 커튼을 여는 일이다. 그래서 소중한 아침을 위해 늦은 저녁에 문을 가능한 한 일찍 닫으려 노력하고 있다.

덤으로서의 인생

나이 든 것을 인지하지 못하고 안 하던 운동을 하느라 푸시업을 했더니 엘보가 왔다. 스쿼드를 과하게 했다가 무릎에 이상이 오며 걷기가 불편했다. 언젠가는 줄넘기를 심하게 했다가 잠자고 일어나 움직이지를 못 했던 적이 있다. 허리 협착증이었다. 의사선생님은 말하였다.

"젊은 사람은 문제없지만 중년기가 넘은 사람은 그런 체중을 싣는 운동을 갑자기 하면 안 됩니다."

젊은 사람들은 그렇지 않은데 어르신들을 돌보고 사는 나는 순간의 신체적 변화를 많이 경험한다. 하룻밤 사이에 일어나는 일들이 참 많다. 여든이 넘은 분들이라면 모두 덤의 인생을 살고 있다는 생각까지 든다. 언제 무슨 일이 닥칠지 모르는 삶을 사는 것이다.

덤으로 사는 사람들은 하루하루를 계산하고 감사할 줄 알아야 한다. 자연스럽게 항상 긴장하고 조심한다. 자기 관리가 특별한 몇 분을 알고 있는데 그들은 조금 일찍 몸이 망가진 사람들이었다. 당뇨나 암이라는 손님이 먼저 찾아와서 반갑지 않은 인사를 해야 했던 분들이었다. 그분들은 마치 자수성가한 사람들과도 같다. 자수성가한 사람들은 남다른 가난과 아픔을 재산으로 가진 사람들이다. 남보다 조금 일찍 인생이라는 시간을 계산하며 살 줄 알게 된 사람인 것이다.

너무도 길어져 버린 인생 시계를 우리는 살고 있다. 과거보다 덤의 시간은 많아졌는데 계산과 자기 관리의 부족은 심하다는 느낌이 든다.

인생의 어느 시점에서 덤의 삶을 보는가는 중요하다. 너무 열심히 살다가 힘들어서 인생의 시계를 중지하고 싶어 하는 사람들이 있지만, 덤으로서의 삶을 아는 그들은 하루 한 해를 죽음과 함께 살다 보니 늘 감사이고 행복이었다. 천천히 움직이는 나무늘보처럼 한 걸음 한 걸음 움직이면서도 큰 걸음을 옮기고 있었다.

멈출 일은 많겠으나 멈춘다면 중지이고, 한 걸음을 옮길 때는 거기에서 새 길이 만들어진다.

모든 것은 한 걸음부터 시작된다.

사후의 집

내게는 두 분의 형님이 계시다. 한 분은 따뜻하고 성결한 분이고 한 분은 영리하고 세밀하며 꼼꼼한 분이다. 두 분의 누님이 또한 계시다. 한 분은 후덕하고 명랑하며 한 분은 똑똑하고 재능 많다. 남들처럼 좋은 환경을 만났다면 크게 되셨을 형제 한 둘은 있었을 텐데 힘들게 살아오면서 날개를 펴지 못한 게 아쉽다. 그럼에도 감사하는 것은, 갈등 없이 서로를 안타깝게 바라보면서 서로 기대고 의지하며 살아왔다는 점이다.

부모님은 유산이 없었고, 돌아가시기 전에는 시신기증을 준비하시면서 집안 선산에 가장 좋은 자리가 있음에도 거부한 채 의과대학 추모관에 영구 봉안된 지 지금 15년째이다. 부모님은 돌아가시기 전 여러 햇수를 내 가정과 함께하다시피 했다. 그러하기에 가능하다면 부모님의 유골은 내가 가져오고 싶은 생각이다.

어머니와 나는 특별한 추억을 가지고 있다. 10년 동안 예배당 종을 치는 일을 도맡다시피 했었다. 교회 부지에 우리 집을 짓고 살면서 어머니는 새벽예배 종을 담당했고 다른 예배의 종은 내가 쳤기에 내 별명은 '종철'이되기도 했었다.

양평 청란 교회 수목원에는 어릴 적 향수가 깃든 추모의 종이 있다. 누구나 종을 칠 수 있는 곳이어서 종탑 근처에 부모님을 모셔 오고, 나중에 우리 부부도 함께 그곳에 흙으로 머문다면 좋겠다는 생각을 한다. 나중에 가족모임을 갖게 된다면 조심스레 말을 꺼내볼 생각이다.

그러고 보니, 가장 멋진 집이란, 살아있을 때 거주할 대형 아파트가 아니라, 제일 오래 머물 사후 흙의 장소여야 하지 않을까? 나무 한 그루 배경으로 하고 의미만 담아두면 충분한 한 줌 흙의 공간으로 말이다.

저물녘 소망

너무 쉽게 떠나진 말자
너무 오래 머무르지도 말자
너무 화려하지도
너무 많은 것을 쌓아놓지도 말자
적당히 살며 누리다가
아쉬운 듯 사라지는 인생이면 좋겠지
영원을 바라보고 준비한다는 건
저물녘 하늘 같음이지 않을까?
노을처럼 떠나며
아름다운 그림 보여줄 수 있다면
멋진 생이지 않을까?
홀로 떠나야 하는 세상이라서
꺼져가는 촛불 같은 사라짐이겠지만
그것이 은은함일 수 있고
아쉬움일 수 있고
붙잡아 두고 싶은 정도라면….
떠나도 한참 남아 비추는
긴 꼬리 별똥별 같고
반딧불 같은
그런 인생이라면….

요단강 목회

"목사님! 보고 싶어요!"

일주일 전 큰 병원에 급히 입원시켜 드렸던 어르신이 퇴원하여, 집에 도착하자마자 나를 찾았다. 요양보호사 직원의 전화기를 통해서 내게 들려오는 목소리다.

젊은 날 부자인 아버지로부터 쌀 백오십 가마를 밑천으로 받아 시작한 사업을 부동산과 수십 개의 약국 사업으로 키우고, 정계 진출까지 이루었던 어르신이지만, 지금은 모두가 다 떠났고 남은 아들도 입퇴원의 자리에 없다. 재력과 권위로 지배하는 데에 익숙했던 분인지라 지금도 말로 제압하려 하고 남의 말에 귀 기울이지 못하지만, 몸은 거의 망가져서 대변은 장루에, 소변은 투석으로 해결하면서 누군가의 도움에 의존하고 있다.

집안에는 고급스러운 것이 가득하다. 입지 못하는 비싼 옷과 고급 모자에다 이태리제 전동침대까지…. 이것들은 과거를 보여주는 자존심의 증표이며 그 모든 것이 현재 삶의 마지막 자존심인지라 그분에겐 대단히 소중한 것들로 보였다.

사시는 동안은 지켜드려야 할 자존심인지라, 이틀 동안 최대한 멋지게 방을 꾸며드렸다. 빈방 하나는 드레스방으로 치장했고 안방은 안전장치를 더 보강하였다.

어르신은 나를 생명 연장의 은인으로 생각하면서 요즘은 좋은 것을 함께 하려고 늘 찾으신다. 자신은 먹지 못하는 음식을 준비해놓고 내가 먹는 모습에 행복해하신다.

기복 신앙으로 살아오며 삶은 바뀐 것 없는데 그런 분들일수록 생명의 애착은 강하고 반면 순수한 신앙인들은 죽는 순간까지 아름다운 향기를 날리며 마음은 이미 천국 가까이에 옮겨가 있다.

나오는 길에 한 달 넘기기 어려워 보이는 어르신을 찾았다. 어쩌면 다시 얼굴을 못 볼까 싶어 기도하고 싶어서였는데, 반은 의식이 없는 중에 귀는 다행히 열려있었다.

올겨울엔 추운 날씨만큼 떠나가는 어르신들이 많다. 나의 요단강 목회사역은 이렇듯 어르신들과 친구하고 이별하는 연속이다.

나의 성직(聖職)

　원초적 순수와 진심으로 마주한 하나님을 향한 시선은 헌신이 되고 사명이 되어서 60년 성직자의 삶이 되었다. 이전에 기억에 남는 목회의 대상은 어린이들과, 청소년들과, 청년들이었다. 그들 앞에서는 물 만난 고기처럼 펄펄 날던 목회였다. 하나같이 순수한 영혼이었다.

　지금은 노인들이며, 때를 벗고 다시 순수로 옷 입고 있는 요단강 앞에 선 영혼들이다. 이제는 그들을 돌보는 것이 내 목회이고 내 행복이 되었다.

　나는 평생을 목회자로 살면서, 어린이나 청년이나 지금의 노인들에게 공통점이 하나가 있음을 본다.

「그들이 헌금으로 내어 드릴 돈이 없다는 것」

　하지만 그것이 문제가 된 적이 없었다. 신앙은 돈으로 하는 것이 아니었다. 성직의 행복도 그것과는 무관하였다.

자비량 목사의 행복

데이케어센터(어르신 주간보호시설)에 수요일마다 봉사하러 가는데, 손
꼽아 이날을 기다리는 분들이 있다. 끝나고 나면 별도로 기도 부탁을 하
면서 행복해하시는 이 어르신들이 어떻게라도 감사의 표시를 하고 싶어
서 안달이다.

한 어르신께서는 '기도해 주어서 아픈 곳이 나았다'라고 하시면서 몇만 원
의 돈을 손에 쥐어주시려고 해서 만류한 적이 있다. 오늘 다른 어르신은 목
도리를 친히 짜서 건네주신다. 벌써 세 번째 짜신 털목도리이다. 가장 뜨거
운 여름날에 가장 추운 날 사용할 것을 의미 있게 건네주신다. 두 분 어르
신을 의자에 앉게 하고 나는 그 아래에 무릎을 꿇었다.

낮은 자리에서 드리는 기도가 훨씬 진심이 담기는 것을 느낀다.

노인으로 산다는 것

홀로 사시는 어르신들의 우울 증세는 생각 이상으로 심각하다. 하나씩 친구 관계가 끊어지면서 삶의 의욕은 사라지고, 죽음에 대한 갈망을 표현하기 시작한다. 사람은 더불어 살 때만 삶의 의지를 갖는데, 혼자만의 시간이 많아진다는 것은 그만큼 죽음의 그림자가 드리워진다는 의미가 된다.

요즘은 자전거를 사용하고 있다. 홀로 사시는 어르신들을 찾아다니며 잠시이지만 대화를 나누고 안아드린다. 이제 도봉구 전 지역을 자전거로 다닐 계획을 세우고 있다. 그저 얼굴 한번 보여드리고 따뜻한 정으로 인사 나누고 손잡아 기도 한 번 해드리는 것으로도 삶의 이유를 가질 수 있는 것이 어르신들이다.

돈을 벌고 가족을 거느리는 일만 삶인 것은 아니다. 돈 없고 가족이 없이 나 홀로 인생이어도 살아야 한다. 그들에게 삶의 의미란 숨을 쉬며 먹고 생명을 유지하는 것만이 아니고, 다음 생의 희망과 준비란 걸 안다. 아파 고통스러워하며, 외롭게 내가 왜 살아야 하느냐고 물으면 정말 죽음이 답일 수밖에 없다.

왜 그들에게만 중요하겠는가?

천국은 모두에게 중요한 일인 것을….

죽음 연습

죽어가는 것을 사랑하는 일이

잘 사는 방법이며,

죽은 것들을 좋아하는 일이

삶을 빛나게 하는 것 아닐까

삶을 자랑하고 생명을 연장하는 노력은

허무를 더 허무하게 한다

죽음이 남겨놓은 살아있는 것들을 보는 것이 좋다

글 한 줄도 살아있는 동안 쓴 것은

증명되지 않은 이야기인 것

죽어 사라진 이후에 남은 가치만

진실이고 빛이다

모든 것은 사라진다

심장이 멈추고 흙으로 돌아가고

은은함으로 남뜨거운 태양이 힘 잃고 서쪽으로 향하듯이

흔적마저 소멸되면

아름다운 죽음인 것

고통은, 죽음을 미리 그리는 일이고

불행은, 죽음의 커튼을 스스로 닫으려는 일이며

비극은, 삶과 죽음의 경계 없이 살다가 끝나는 인생인 것

오늘 죽음을 연습할 수 있음이

가장 멋지게 사는 일이다

끝맺음 글

<u>스스로</u> 지은 내 별명이 '샘지기'다. 샘 곁에 앉아 피곤한 나그네에게 물한 그릇 떠주고 싶은 마음으로 지은 필명이다. 맛집 음식은 못 되어도 목을 축여줄 샘물지기는 되고 싶었다.

물은 꼭 있어야 하고 마셔야 하는 것이며, 물은 만든 것이 아니고 건네어주는 일이다. 가장 흔한 것이 물이며 가장 필요한 것 또한 물인데, 나에게 필요한 물을 찾는 사람은 적었던 것 같다.

수가성의 예수께서 물 길으러 온 여인에게 던졌던 말이, "내가 주는 물을 마시는 자는 영원히 목마르지 아니하리라."였다.

젊은 날 예수님을 깊이 만나고 지금껏 살아오면서 나는 그가 주신 생수를 마시며 웃고 감사하고 사랑을 나누었다. 그러나 나는 과연 몇 사람에게 그 생명의 물을 전하였으며 내가 살린 영혼이 얼마였던가 생각하면 부끄럽다.

갈수록 사람들은 그리스도 예수께서 주시는 생수에 무관심하다. 내 것이 아닌데 거기에 내 맛을 가미했고 내 영광과 성공의 도구로 변질시키며 사람들을 현혹하고 상처를 준 이유였을 것이다.

내 사무실 근처 연산군묘 옆에는 '원당 샘물'이 있다.

5년 전에는 버려진 우물로 팻말에 기록만 남은 곳이었다. 오랫동안 샘물을 찾던 사람들은 사라졌고 죽은 샘물이었는데 공원사업이 진행되고 수질검사도 공개하면서 이제는 줄을 서다시피 물을 찾고 있다.

생명의 물줄기가 살아있고 그 물이 영혼의 생수라면, 떠나간 사람들은 언젠가 다시 찾아올 날이 있을 것이다. 가미된 맛과 이용꾼들이 사라지고 나면 본래의 생수를 마시고 싶은 사람들은 꼭 돌아올 것이다.

그 부흥을 꿈꾸며, 잘린 그루터기 샘물 곁을 지키는 작은 목자이고 싶다.

당신의 마지막 모습을 기억하기 위해

초판 1쇄   2024년 1월 29일
지은이   임종학
펴낸이   최지윤
펴낸곳   시커뮤니케이션
          www.seenstory.co.kr
          www.facebook.com/seeseesay

          seenstory@naver.com
등록   제 2022-000009호

제작   유진보라
서점관리   하늘유통

ISBN 979-11-92521-39-8(03810)